stigmata
スティグマータ

近藤史恵
kondo fumie

新潮社

スティグマータ

1

ときどき、考えるのだ。もし、ぼくが彼だったら、と。

無意味な問いだということはわかっている。王子と乞食の童話のようには簡単にいかない。頭の中で想像してみることですらそうだ。

ぼくだったら乗り越えられると思うことも、ぼくには乗り越えられないと思うことも、同じくらい傲慢だ。

たとえ、ぼくなら違う道を選ぶと言い切ることができたとしても、それは彼とぼくとがこれまで違うものを見て、違う世界で生きてきたからに過ぎない。

だからといって、理解できないと切り捨てることもできない。

だから、ぼくは考え続ける。もし、ぼくが彼だったら、同じ道を選んだだろうか、と。

答えは出ない。

小雨が降り始めた。

ぼくは、自転車を止めて空を見上げた。早朝から、うっすらと曇っていた空は、正午近くになっても重い雲の層に覆われている。天気予報では晴れるはずだったのに、と思いながら、ぼくはポケットから雨具を取り出した。

チームでのトレーニングのときは、スタッフの乗った車と一緒に走ることもあるが、ヨーロッパのチームでは、たいてい、選手は自宅の近くで、自分でトレーニングする。有名選手はトレーナーを雇い、そうでない選手はひとりか、近くに住む選手と一緒に走る。

ぼくが今住んでるバイヨンヌは、ピレネーに近いこともあって、サイクルロードレースの選手が何人も住んでいる。週に二度ほど、彼らと待ち合わせて一緒に走るが、それ以外はひとりだ。

ひとりを好んでいるわけではないし、完全に孤立してしまうことは避けたいが、もともと文化も価値観も違うヨーロッパ生まれの選手たちとうまくやるには、多少、距離を置いた方がいい。

五年間ヨーロッパ各地を転々としてきて、ぼく——白石誓《しらいしちかう》が出した結論だった。

スペインのバルセロナからはじまり、フランス、ピカルディ地方のアミアンという街、ポルトガルのリスボン、それからまたフランスに戻ってバイヨンヌ。

五年で四回も引っ越した。レースやトレーニングで訪れた国は、その何倍もある。レースの数は南欧が多いが、東欧や南半球にも行った。

だが、どこに行っても生活は変わらない。チーム所属の栄養士の作った、管理されたメニューを食べて、一日、三時間、四時間のトレーニングをこなす。レース中は六時間以上走ることもある。

ただ、眠る場所と走る場所が変わるだけだ。

住む場所にしたって、そうだ。たとえ住んでいたとしても、そこが自分の家だと考えるのには、違和感があった。あくまでも生活の拠点である。一年後にはもうその国にいないかもしれないと思いながら住む。その感覚は、日本にいた頃には、想像もつかなかったものだ。

だが、それらの街を愛していないわけではない。

自分で積極的に住みたいと思ったわけではない。チームの拠点だったり、トレーニングに便利だという理由で住むことになった街だが、どこもレースで行った町とは違う、親しげな微笑みをぼくに見せてくれる。

治安が悪かったり、不便だったりと、うんざりするようなことは山ほどあったが、思い返せば胸が痛くなるような郷愁に捕らわれる。

まるで、かつての恋人を思い出すように、自分が感傷的になるのがわかる。

日本にはそんな切なさは感じない。

温泉や、うまい日本料理が恋しくてたまらなくなることはあるが、それはストレートな欲望だ。かつて住んだ街を思うと胸が痛いのは、もうそこに帰ることはないからなのだと思う。

強い意志で選んだ街ではないから、そこを離れることにも抵抗はなく、そして偶然が重ならなければ、もう一度そこに住むことはない。その土地に住む友達に会いに行くことはあるかもしれないが、せいぜい数日しか滞在しないだろう。

もうかつてのように親密に、その街と関わることはない。その感覚が、終わった恋に似ているのだ。

日本は違う。遅かれ早かれ、ぼくは日本に帰ることになる。もちろん、こちらに骨を埋める選択肢もないわけではないが、自分がそれを選ぶとは思えない。帰りたいとか、帰りたくないとかではなく、帰るしかないのだろうと考えている。

もっとも将来の予想図などは簡単に書き換えられてしまう。自分の意志など、そうなってしまえばそれほど強い意味は持たない。強い濁流に押し流されるようなものだ。ただ、溺れないように、岸にたどり着けるようにと願うことしかできない。

ちょうど、ぼくが最初に日本を出たときも、そんな感じだった。

雨具を着て、バイヨンヌの街に向かって走り出す。雨はあっという間に強くなり、遠くで雷鳴が聞こえた。

この調子では、家に帰り着くまでにはびしょ濡れになってしまうだろう。

ぼくが今住んでいるのは、バイヨンヌ郊外の小さな一軒家だ。

もちろん、ぼくが一軒家を借りたわけではなく、二階を間借りさせてもらっているだけだ。二階には専用のバスルームもあるし、一階のキッチンは自由に使っていいことになっているから生活には困らない。

大家であるパトリシアは六十代の女性だが、今でも会計士として精力的に働いている。長年、学生や若い女性などを下宿させてきたというから慣れていて、下宿人との距離の取り方もさっぱりしている。

普段は完全に放っておいてくれるが、ときどき、週末などに顔を合わせると、「よかったらお茶でも飲まない？」とか「晩ご飯、トリッパを作るけど一緒にいかが？」などと声をかけてくれる。

なにより、ひとりでいるよりも、階下に人の気配がするだけで孤独は少し和らぐものだ。

今日は土曜日だから、パトリシアは自宅にいるだろう。彼女さえよければ、夕食に誘ってもいいかもしれない。二週間ほど前、いつもごちそうになっているお礼に、スモークサーモンでちらし寿司を作って振る舞うと、彼女はとても喜んでくれた。また、なにか日本食を作ってみてもいい。

ようやく家に帰り着いて、自転車をガレージに入れる。手入れをしなければならないが、それより先にシャワーを浴びたい。

鍵を開けて家に入ると、奥の応接室のドアが開いて、パトリシアが顔を出した。

「チカ、お客様が見えているわよ」

「客？」

「ええ、日本人の。外で待っていると言ったけど、雨が降っていたし、上がってもらったわ」

だが、このままでは応接室を濡らしてしまう。一度、二階に上がり、雨具とサイクルジャージを脱いで、Tシャツとジーンズに着替えた。タオルで髪を拭きながら一階に降りる。

応接室のドアを開けて中に入る。ソファに座る後ろ姿を見ただけで、誰かわかった。

くるくるといろんな方向に跳ねた毛先。伊庭《いば》和実《かずみ》だった。

「よう。雨に降られたみたいだな」

ぼくは小さくためいきをついた。日本人の客だというから、ジャーナリストかなにかだと思っていた。伊庭なら気を遣うこともない。

「くるなら、連絡してくれればいいのに」

パトリシアが紅茶の入ったポットを持ってくる。機嫌がいいように見えるから、伊庭のことを気に入ったのだろう。

愛想が悪く、単刀直入にものを言う伊庭は、敵を作りやすいタイプだが、なぜか年配の女性には親切で、礼儀正しい。紅茶を持ってきたパトリシアにも、にかっと笑顔を作って、メルシ、と言っている。

「連絡したよ。朝メールしたけど、返事がなかった」

朝ならもうトレーニングに出ていた。雨に降られたせいもあり、携帯電話は見ていない。

「もっと早く連絡しろってことだよ」

「仕方ないだろう。今朝になるまで時間が取れるかどうかわからなかった」

伊庭とは、日本にいるとき、二年間同じチームで走った。そのあとも、世界選手権のナショナルチームで何度も一緒に走った。オフシーズンで日本に帰ると、必ず連絡する友達のひとりだ。

彼は今年、イタリアのコンチネンタルチームに移籍した。トリノを拠点にしているから、日本にいるときよりは近いとはいえ、そう簡単にこられる距離ではない。

なにかこちらにくる予定でもあったのだろうか。

伊庭の向かいに腰を下ろして、パトリシアの淹れてくれた紅茶を飲む。熱い紅茶が雨で冷えた身体に染み渡った。

「バイヨンヌになにか用でもあったのか?」

「物件を探していた。こっちに引っ越そうと思って」

それを聞いて驚く。たしかにイタリアのチームに所属している人間が、イタリアに住まなければならないわけではない。フランスに住みながら、イタリアのチームで走っている人間も、その逆もいる。だが、ぼくたちのような外国人がヨーロッパのチームで走るためには、やはりチームの拠点がある街の近くに住む方がなにかと便利なはずだ。

伊庭はにやりと笑った。

「チームを移籍することになった。今度はプロコンチだ」

「移籍って、まだ二、三ヶ月しか経ってないじゃないか」

思わず大きな声が出た。今はまだ四月だ。サイクルロードレースのシーズンは、だいたい一月後半からはじまる。最初に、オーストラリアや中東のレースを走り、三月頃から有名なレースがはじまる。

「ああ、もちろん違約金は払うことになる。だが、声をかけてくれたチームが違約金も払うといってくれた。それを含めても、年俸はずいぶん上がる」

それでわかった。伊庭はすでに、いくつかのレースで優勝している。それで上位カテゴリのチームから引き抜きがあったのだ。

ヨーロッパにきたばかりだから、あまりいい条件では契約していなかったのだろう。日本で一緒に走っていたときも、伊庭はぼくよりもずっと注目されていた。実力は充分にある。

もっとも、実力だけでは勝てないのが、この競技だ。

険しい顔をしてしまっていたのだろう。伊庭は苦笑いした。

「おまえの言いたいことはわかる。賢いやり方じゃない」

シーズン途中で、世話になったチームに後ろ足で砂をかけるようにして出ていくのは、うまいやり方とは言えない。

敵も作るし、あの選手はそういう人間だと思われれば、信用も失う。

伊庭は、前屈みになってぼくを見た。

「だが、プロコンチに所属できれば、もっと大きいレースに出られる。時間を無駄にしたくないんだ」

はっとした。伊庭がなにを言っているのかはぼくにもわかった。

同い年だ。ふたりとも今年で三十になる。

五年間ヨーロッパで走ってきたぼくとは違い、伊庭は今年から本場での選手生活をはじめた。引退するまで、あと何年か。五年走れれば幸運だ。

限られた時間で、どこまで行くか。日本にいれば、キャリアも年俸も安定していたはずなのに、それを捨ててここまでやってきたからには、行けるところまで行きたいはずだ。

「グラン・ツールに出たいんだ」

伊庭ははっきりと言った。グラン・ツール——ジロ・デ・イタリア、ツール・ド・フランス、ブエルタ・ア・エスパーニャという三つのステージレース。

三週間という長い日程のレースを走れるのは、一部の選ばれた選手だけだ。ぼくは幸運にもブエルタを二回、ツールを三回走ることができた。だが、この先はわからない。引退するまでの期間、もう一度グラン・ツールを走れるのか。

最低でもクリアしなければならない条件は、プロチームか、コンチネンタルプロチームに所属することだ。

チームに所属しても、グラン・ツールに出られるのは限られた精鋭だけだ。だが、出場資格のあるチームに所属しなければ、可能性はゼロのままだ。

だから、伊庭がどうしても移籍したかった理由はわかる。

「どのチームに移籍するのか？」

「チーム・ラゾワルだ」

なぜか、背中に鳥肌が立った。

ラゾワルは新しいチームだ。フランスのチームだが、スポンサーについてるのがオマーンの石油会社だという話だ。なんでもオーナーがサイクルロードレースのファンだから、ポケットマネーでチームを運営しているという噂を聞く。

すでに、ツール・ド・フランスの出場権も手に入れている。うらやましくなるほど景気のいい話だ。

ラゾワルなら、金の力でいい選手を集めたがるだろう。だが、強い選手はすでにいい条件で、他のチームと契約している。伊庭に注目しても不思議はない。

ヨーロッパでの経験は浅いが、選手としては成熟している。これまでの成績も申し分ない。選手としては違約金を払ってさえお買い得だ。

潤沢な資金を活用することは、ルール違反ではない。伊庭の今いるチームだって、伊庭が抜けるのは痛いが、その分違約金がもらえるのだから、損をするわけではない。

だが、人の気持ちはそう簡単に割り切れるものではない。

「ラゾワルの拠点は、バイヨンヌじゃないだろう」

「ボルドーだ」

ならば、バイヨンヌからはそう遠くない。ツールではピレネーを必ず走るから、バイヨンヌに住むのは悪い選択肢ではないだろう。

伊庭はなぜかまた笑った。

「長年のつきあいだから、いいことを教えてやるよ」

「なんだ？」

「メネンコが復活する」

耳を疑った。ぼくは伊庭の、口角を皮肉っぽくあげた顔を凝視する。

「ラゾワルで……か？」

「そう。もう契約は取り交わしたそうだ。今日明日中には発表するらしい」

ドミトリー・メネンコ。ソ連が残した最後の至宝。そう呼ばれた選手だった。十年前にアメリカ国籍を取って、アメリカ人になっている。

強い選手だった。あらゆるグラン・ツールで表彰台に上がり、ツールでも三度の優勝を飾った。無口でストイックなのに、はにかんだような笑顔が魅力的で、若者たちのヒーローだった。

ぼくだって、まだプロになる前から彼のレースには熱狂した。

だが、五年前、彼はドーピングで告発された。裁判で有罪となり、すべての記録の剝奪と、二年間の出場停止処分を受けた。

その時点で、彼はもう若くなかった。戻ってくることはないと思われた。

「走れるのか」

この五年間、メネンコの姿は見ない。賞金などの返還を求める裁判には、すべて代理人が出席し、本人はマスコミから逃げ回っているはずだ。

「走れなければ契約しないだろう。ラゾワルの監督のピヴォーはそのへんシビアだ」

伊庭は足を組み替えた。

「彼は走ると言っている。その上、勝つと」

「もうそんな時代じゃない」

ドーピング検査の精度は上がり、わずかに違法物質が発見されただけでも容赦なく出場停止処分が下される。なにより、選手たちが許さない。
四、五年前までは、「誰もがやっているのだから」という疑心暗鬼とあきらめに満ちていた世界だが、若い選手はもっと強い意志を持って戦おうとする。
この競技が失った信用を取り戻す。

それが、今走っている選手たちの思いだ。

「メネンコは、ドーピングをしていたのは最後のツールだけだと言っている。それまではつねにクリーンだった、すべての勝利を剝奪されたのは不当だと」

それに関しては、サイクルロードレース界でも大きな議論になった。

あくまでも検査で薬物が発見されたレースにのみ処分を与えるべきだという意見もあった。だが、彼に関わる医師やスタッフの証言からは、常習犯であることは間違いないように思えた。

二年の出場停止処分で終わったのは、彼が引退を表明し、二度と競技に戻ってくることがないと思われたからだ。

彼がまたレースを走るのなら、再び糾弾されるだろう。彼は無名の選手ではない。ヒーローの裏切りを、ファンは許さない。

ちょうど、ぼくがヨーロッパに来る前に引退した彼を、ぼくは直接には知らない。

「今、いくつだ？」

「三十七歳かな」

高齢だ。サイクルロードレースは他のスポーツよりも、現役でいられる期間が長いが、それにしたって、もう引退する年齢だろう。

「メネンコと一緒に走ることになるのか……」

ぼくがレースで彼と会うことになるかどうかはわからないが、少なくとも伊庭は同じチームで走る。

うらやましいような、やっかいなような複雑な感情が胸に渦巻く。

彼はぼくのヒーローだった。画面の中、汗を拭いもせず、まっすぐにゴールを見つめる目は忘れられない。

強かったが、それでもチームや監督などとトラブルを起こしたり、ぎりぎりのところで優勝を取り逃がすケースが多かった。曇り一つない聖人でないところも、どこか心惹かれた。

それだけに、ドーピングが発覚したときには失望した。単なるファンだったら、それでも彼はぼくのヒーローだと言えたのかもしれない。

だが、選手としてそう口に出すことはできない。

彼は、サイクルロードレースの評判を落とし、多数のスポンサー離れを引き起こした人間だ。彼が不正をしなければ勝てた選手だっている。

彼が復活すると聞いて、冷静な気持ちでいられる選手は少ないだろう。一緒に走ったことのないぼくですら、胸をかき乱されている。

「彼はツール・ド・フランスに出るんだろうな」

ラゾワルはツールに出場することが決まっている。そして、メネンコがいちばん輝いていたレースもツールだ。

「まあ、そうだろうな」

伊庭は他人事のようにそう言った。

今年のツールは荒れるだろう。選手ではなく、外野が騒ぎ立てる。

あまり好ましくない展開だ。

ふいに思った。自分が伊庭だったら、彼と一緒に走れるだろうか、と。

伊庭とぼくは、選手としてのタイプがまったく違う。

伊庭はスプリンターで、ぼくはクライマーだ。しかも自分でグラン・ツールの山岳ステージで勝てるほどの実力はない。これまでも、大きなレースではアシストとしての役割を期待されてきた。

スプリンターはスプリントステージでのみの勝利を狙う。総合優勝狙いのエースは、タイム差がつかない集団ゴールになるスプリントステージでの勝利は狙わない。

伊庭なら、メネンコと走っていても、彼と自分を切り離して考えることができる。

ぼくは違う。メネンコのために、必死でアシストできるのだろうか。

プロとしては、チームの指示ならなんでもやるという姿勢が正しいのだろう。だが、そう簡単に割り切れるものではない。

これまで、ぼくが所属していたチームのエースは、みんな尊敬できる人だった。もちろん、多少気分屋だったり、気むずかしかったりと欠点はある。それでも、勝利とレースに対しては真摯で、そして身近にいたぼくが知る限り、不正には手を染めていなかった。

ぼくは、メネンコに対して、同じような尊敬の念を抱けるだろうか。

彼のことはもう尊敬していないのに、それでもどこか、伊庭がうらやましいと思う気持ちもあって、それがやっかいだ。

こんなふうに、うじうじ考え込んだり、自分の感情を腑分けしようとしてしまうのは、昔からのぼくのくせで、それは多少切り替えがうまくなった今でも変わらない。

伊庭がソファから立ち上がった。

「そろそろ、ビアリッツに行かないと。越してきたらまた連絡する」

「ああ」

ビアリッツはここから車で三十分くらいのリゾート地だ。まだ肌寒い四月にリゾートというわけでもないだろうし、たぶんビアリッツの空港からトリノに帰るのだろう。

伊庭が荷物を持って、キッチンに声をかけた。

「マダム、失礼します。そろそろ飛行機の時間に間に合わなくなるもので。紅茶をありがとうございました」

相変わらず、年配の女性に対しては礼儀正しい。ファンの女の子にはそっけない態度しか取らないくせに。

「あら、もう帰るの？　今日はトリッパを作ろうと思ったのに」

トリッパは、牛の第二胃、日本で言うハチノスを時間をかけて煮た料理だ。ボリュームのある料理で、パリで食べたときはもてあましたが、パトリシアの作るバイヨンヌ風のトリッパは野菜がたくさん入っているせいで軽く、いくらでも食べられる。

「来週、バイヨンヌに越してきます。また次回、招待してください」

ひどく自然なやり方で、伊庭はパトリシアと頰を合わせる別れのビズを交わした。

ぼくは苦笑いをした。まるで、十年も前からフランスに住んでいるようだ。


バイヨンヌは、ピレネー山脈の麓の街だ。スペインとフランスにまたがるバスク地方のフランス側の中心都市である。

バスクの人々は、自分たちをフランス人、スペイン人ではなく、バスク人だと自称する。荒くれ男が多く、感情がストレートで、豪快に飲んで食べる。

バスク人の言語であるバスク語は、同じバスクのスペイン側ではそれなりに使われているらしいが、バイヨンヌでは滅多に聞かない。その代わり、スペインとの国境に近いせいで、スペイン語はよく聞こえてくる。

ぼくが今いるチーム、オランジュフランセは、フランスバスクのラジオ局がスポンサーになったチームだ。プロチームではあるが、有名選手が揃っているわけでも、資金力があるわけでもない。プロの中では、弱小チームと言っていい。

だが、今年、オランジュフランセにはニコラ・ラフォンが移籍してきた。

三年前のツールで衝撃的なデビューを果たし、新人賞を目の前にしながらトラブルでツールを去った悲劇の選手。

その後、二年間の成績は、そこまで目覚ましいものではなかった。二年前はツール序盤で怪我をしてリタイア。去年は総合九位。だが、彼はまだ若い選手だ。充分に可能性はあるし、なにより魅せるレースをする。

それは、三年前のデビューのときから変わらない。

たとえ、勝てる可能性の少ないレースでも、全力で戦う。それでいて、ライバル選手に対しては紳士的だ。

去年のツールで、彼は山岳ステージで、バイクトラブルに見舞われたライバル選手を待った。だが、その後、ニコラがパンクしたとき、そのライバル選手は彼を待たず、そのステージで優勝を手に入れた。

ライバル選手の行動に対する世論は紛糾した。ルール違反ではないから、ライバル選手の行動を擁護する声も多かったが、株を上げたのはあきらかにニコラの方だった。

サイクルロードレースには、そんな不思議な一面がある。スポーツでありながら、紳士的であることを要求されるような。

もっとも、紳士のスポーツであると信じたいのは、選手とファンだけかもしれない。

パトリシアはサイクルロードレースを見ない。ぼくを下宿人として受け入れたくせに、競技自体にはまったく興味がないようだった。

「マッチョイズムそのものだわ」

彼女は、はっきりとそう言い切った。

こういうところは、やはりフランス女性だと思う。

日本人は、自転車競技に興味がなくても、それを選手の前で公言しない。それを失礼だと考える。パトリシアはそんなことを気にしない。

自転車競技を批判しても、それはぼくを否定することではない。むしろ、ぼくの反論を待って議論になることを楽しんでいる。

ヨーロッパに長くいて、その考え方にも慣れた。最初の頃は、スペイン人やフランス人の、この遠慮のない物言いにずいぶん傷ついた。

いつか日本に帰ったとき、ぼくもまたずけずけとものを言って、まわりの人を不快な気分にしてしまうのではないかと、ときどき心配になる。

あるいは簡単に、もとの日本人らしい考え方を取り戻してしまうのかもしれないけれど。


春のバスクはまだ肌寒い。ときにはコートが必要なほどだが、花だけは季節が変わったことをいち早く察するように、乱れ咲く。

桜に似た杏の花、真っ黄色の水仙、そして、日本と同じソメイヨシノまで咲き始める。公園でソメイヨシノの並木を見たときには、誰が植えたのだろうとか、ここの気候に馴染むのだろうかなどといろんなことを考えた。

だが、せいぜい三ヶ月しか住んでいないが、バスクの気候は日本と似ているような気がする。冬の寒さもさほどではなく、日照時間も長い。桜も、遠い国にきたとは思わずに、ここで生きることができるのではないだろうか。

そして、ぼくが二年間住んだ、リスボンにも似ている。好きになれそうな気がする。スーパーの品揃えも、リスボンよりは豊富だ。

オランジュフランセの本拠地だからというのが、引っ越した第一の理由だが、少なくとも今年一年は、腰を落ち着けられそうだ。

そう、ぼくのオランジュフランセとの契約は、たった一年だ。必要な選手だと思われていれば、一年ということはない。二年ないし三年の契約が結ばれる。

もちろん、ここで結果を出せば契約延長という可能性はある。

だが、夏頃までには次の契約を決めておきたい。悠長に、延長の申し出を待つだけというわけにはいかない。しょっちゅう就職活動をしなければならないなんて、因果な職業だ。

もっとも、それはぼくの選手としての実力不足が招いた結果であり、それは自分で受け止めるしかないのだ。

伊庭が訪ねてきた翌週、オランジュフランセのミーティングがあった。

間近に迫ったジロ・デ・イタリアの出場選手についての発表があるらしい。クラブハウスを訪ねると、ミーティングルームには、すでにニコラがきていた。

「やあ、チカ。バイヨンヌには慣れたかい？」

彼とは二月に、カタールのレースで顔を合わせたきりだ。彼はバイヨンヌではなく、地元のマルセイユに住んでいる。

明るい麦わらのような色の髪と、鳶色の瞳、人懐っこい笑顔は三年前と変わらないが、頬は少し削げて、精悍な顔になった。

自分のことはあまりわからない。だが、十代初めと後半で、人の相貌が大きく変わるように、二十代前半と後半でも大きな変化があるのだな、と思った。

もしくは、フランス人の方が日本人より、大人の顔になるのが早いのかもしれない。

ひさしぶりに会って、彼が昔と同じように明るく、人当たりがいいことに驚いた。

三年前、彼を襲った不幸な事件について、ぼくはすべてとはいわないまでも多くのことを知った。ニコラがその事件を乗り越えたなどと、気軽に口に出したくはない。

彼は、たぶん、その傷を抱えたまま走っている。表面上は明るく振る舞っていても、事件のことを忘れることなどないはずだ。

ぼくとニコラは、ある意味、共犯者のようなものなのかもしれない。

ミーティングルームに、監督のトラマが入ってきた。他の選手も続々と集まってくる。中にはレースでこられない選手もいるから、揃ったのは二十人ほどだ。

このチームのミーティングは、まるで雑談のようにはじまる。チームメイトのアイトールが口を開いた。

「メネンコが復活するって聞いたけど、本当なのか？」

ひそかなざわめきが、部屋中に広がった。アイトールはベテラン選手だから、噂が入ってくるのも早いのだろう。

「噂だ。まだ真偽はわからない」

監督が眉間に皺を寄せたまま、そう言った。伊庭から聞いた話を言おうか迷っているうちに、ニコラが身を乗り出した。

「本当？　彼の大ファンだったよ」

あまりに屈託のないことばに、固くなった空気が和らいだ。今年、プロになったばかりのジュリアンも笑う。

「ぼくも、彼に憧れて自転車に乗り始めた」

そう、彼のファンだった人間ならぼくも含めて数え切れないほどいる。今でも、なんの迷いもなく「メネンコのファンだ」と言えればどんなによかっただろう。

ぼくは口を開いた。

「ラゾワルに移籍した友達も、そんなことを言っていた」

「イバか」

監督の口から、伊庭の名前が出てきて驚いた。ヨーロッパで走る日本人選手は増えたといえどもまだ多くない。珍しい名前だから覚えたのか、それとも強いから覚えられたのか。

だが、珍しさからでも、覚えられるのは悪いことではない。スタッフの記憶に残れなければ、契約につながることはないのだから。

「まあ、走るのなら、いずれ発表になるだろう。仮面をつけて走るわけには行かないからな」

冗談めかして監督はそう言った。ファイルを手に、ジロの出場選手を読み上げていく。

期待していたが、ぼくの名前はなかった。

ジロで走りたいという希望は、前から監督に伝えてあった。三大ツールの中で、唯一走っていないレースだということもあるし、それになにより時期が早い。ジロで力を発揮できれば、次の契約につながりやすい。ブエルタの時期には、多くの選手が契約を済ませてしまう。

言ったから、かなえてもらえるとは思っていない。だが、言わないよりは言った方が望みは叶いやすいというだけだ。

がっかりはしたが、仕方がない。

ニコラの名前も挙がらない。

去年、ニコラはジロとツールに続けて出て、どちらも表彰台に立てなかった。今回はツールに集中させるつもりなのだろう。

ニコラと契約して、グラン・ツールを走らせないなどということはありえない。怪我をしない限り、ニコラはツールで走るはずだ。

喉が渇いた。ぼくは今年、彼の隣で走れるだろうか。

グラン・ツールを走るばかりが、選手の人生ではない。他にも重要なレースはたくさんある。だが、客観的に見て、ぼくの価値は、忠実で献身的なアシストであることにある。ぼくがエースになって、走るレースは少ない。

もし、ツールやブエルタを走れないのなら、来年の契約を取ることは、よけいに難しくなる。

喉がひりつく。まだここで走りたい。帰るわけにはいかない。

怪我をして、身体の限界を感じて走れなくなったのなら、まだあきらめもつくが、実力不足で切られるのは、絶対にいやだった。

ふと、顔を上げると、ニコラと目が合った。彼は口角を引き上げた。

自然に出た笑顔でないことはわかったが、顔を見て笑ってもらえると、少し気持ちが落ち着く。

笑顔は、敵意がないということを示すシグナルだ。

違う国の、違う文化を持った人間が集まっているのだから、シグナルだけは発し続けなければならない。

ぼくもニコラに向かって微笑んだ。

2

メネンコのチーム・ラゾワルへの加入はなかなか発表されなかった。

だが、公式の発表がないのにも拘わらず、その噂は静かに広がっていった。水波のように、あるいは胞子のように。

最初は、選手たちの間で密かに噂され、そこから二週間後にネットのニュースになった。その頃には、情報通を気取る人たちが掘り出し物でも手に入れたような顔で、ぼくにささやくようになる。

今年のツールは、メネンコが復活するらしい、と。

そのたびに驚いてみせるのも疲れるが、かといってもう知っていると言う気もない。ぼくは知らない。メネンコが本当に走るのか。ラゾワルと契約したことはたしからしいが、それでも発表する前に揉めているようだ。主催者側が問題視しているのか、それとも連盟か。

伊庭はラゾワルで走り始めたが、まだメネンコとは会っていないという。

たとえ復活するとしても、現役時代は専門のトレーナーやコーチ、医師まで引き連れていたという選手だ。名前も知られていない選手と一緒に練習はしないだろう。

正直なところ、メネンコの出場にストップがかかればその方がいいと思っている。

盛り上がっているファンには申し訳ないが、彼が一度しかドーピングをしていないとはとても信じられない。

薬を使わずに勝ち続けたのに、一度だけ使うという心理はまったくわからない。勝てない選手が追い詰められて使うのならともかく、彼は勝ち続けていたのだから。

五年もブランクがあるのに、元のように走れるとは思えないし、もし出場したとしても、優勝争いには絡めないだろう。

だが、それにしたって、マスコミに追い回されたり、ネガティブな話題だけが取り上げられるのはごめんだ。

オランジュフランセは今年、総合優勝を狙っている。

ニコラはまだ若いから、今年勝たなくてもチャンスはまだあるかもしれないが、ないかもしれないのだ。

怪我をしたり、それでなくとも体調を崩してしまえば、それっきり勝てなくなるかもしれない。あれほど強かった選手が、ある年からばったり勝てなくなるなんてことはしょっちゅう目にしている。

チャンスは今しかない。そう思わなければたった一度だって勝てない。

ぼくは今年、ニコラを勝たせたい。来年は、同じチームで走っていない可能性の方が高いのだし、なにより彼を勝たせることが、ぼくの未来にもつながる。

かきまわされたくない。

だが、連盟や主催者が認めれば、メネンコの出場を止めるものはいない。

勝ちたい気持ちは誰もが同じだ。

五月になった。バイヨンヌに越してきた伊庭とは、二度ほど食事をした。彼が住んでいるのは新市街のアパルトマンだから、すぐ近くというわけではないが、それでも日本とヨーロッパに離れていたときとくらべれば比較にならない。

最初にぼくがヨーロッパにきたときは、日本人選手は少なく、頼れる人もいなかった。今は、ぼくたちのほかにも三人の日本人選手がヨーロッパを拠点にしているが、年下の選手を頼るのも、伊庭のような性格の人間には難しいだろう。なるべく力になりたいと思っている。

とはいうものの、伊庭は引っ越し手続きなども自分でさっさと済ませてしまった。チームのスタッフが手伝ってくれていると言っていたが、異文化に馴染みやすいタイプなのかもしれない。

だが、ストレスを抱えているかどうかは、他人が簡単に判断できることではない。

ぼくもスペインで走り始めた年のことは、ほとんど覚えていない。無理に思い出そうとすると、胃が締め付けられるような気持ちになるほどだ。それでも、当時のスタッフやチームメイトたちに言わせると、ぼくはすぐにチームに馴染み、みんなと仲良くやっていたそうだから、他人の目は当てにならない。

また記憶を消してあの一年を繰り返せと言われるくらいなら、しっぽをまいて日本に帰ってしまうだろう。

もちろん、ぼくがつらかったから伊庭もつらいだろうとは思っていない。

チーム・オッジで一緒に走っていた頃は、正反対のタイプだと言われたが、自分ではそこまでかけ離れているとは思わない。

ぼくも伊庭も、七年間、自転車ロードレースのプロ選手として走っている。スプリンターと、どちらかというとクライマーに近いルーラーとの違いや、日本でエースとして走っていた伊庭と、ヨーロッパでアシストに徹していたぼくの違いはあるが、どちらもこのストイックで特殊なスポーツに身を捧げている。

他の人間が考えているより、ぼくと伊庭は似ているのではないだろうか。

その日は、バイヨンヌに住んでいるオランジュフランセの選手ふたりと、練習をすることにしていた。ちょうどいい機会だから、伊庭も誘ってみた。

「ああ、行く。紹介してくれ」

メールにはそう書いてあった。

ぼくも、その選手たちとはそれほど親しいわけではない。

同じチームになってから数ヶ月しか経っていないし、一緒に練習をするようになってからも日が浅い。

だが紹介することくらいはできる。

伊庭のフランス語や英語はまだたどたどしいが、少ない語彙を駆使して意志を伝えることはできている。まだ未熟な外国語で話すときは、つい聞き役になってしまったり、言いたいことが言えなかったりするものだが、伊庭はそれでもコミュニケーションを取ろうとしている。

一緒に走り、そのあとカフェでコーヒーを飲んでも、気まずいことにはならないだろう。

だが、その前日、伊庭から電話があった。

「悪い。明日行けなくなった」

「ああ、別にかまわないけど、どうかしたのか？」

無理に聞き出すつもりではなかったが、体調でも崩したのかと思った。

「監督から非常招集がかかった」

今はジロの最中だが、ラゾワルはフランスのコンチネンタルプロチームだから、ジロ・デ・イタリアには出ていない。

「今日は泊まりになるらしい。また連絡するよ」

ボルドーまではＴＧＶで二時間。日帰りできない距離ではないが、夜遅くなるのだろう。

電話を切ってから思った。メネンコの件だろうか、と。


待ち合わせの場所に行くと、ジュリアンとイバイがいた。

「ごめん。伊庭は今日はチームから呼び出しがあって、これないらしい」

そう言うと、イバイが肩をすくめた。

「なんだ。チカ以外の日本人がどういう奴なのか、ちょっと興味があったのに」

「また会うチャンスはあるだろ。しばらくバイヨンヌに住んでるから」

イバイは、長身で髪の色も髭も濃い、いかにもバスク人らしい顔つきをした男だ。対するジュリアンは、バスク出身だというが、薄茶の髪でフランス人と見分けがつかない。

「今日は、ニコラが合流すると言ってたよ」

「ニコラが？」

彼は、故郷のマルセイユに住んでいる。普段は地元で練習をしている。

ピレネーの試走はすでにしているはずだが、もっと走り込みたいのだろう。

ニコラがくるのなら、なおさら伊庭に紹介したかった。

ジュリアンが、くすりと笑った。

「たぶん、ニコラはチカのことを心配している」

「ぼくのことを？」

体調も悪くないし、心配されることはなにもない。

「前に仲良くしていたときより、チカの表情が硬いし、あまり話さないと言ってる」

そう言われて驚いた。

自分では険しい顔をしているつもりはない。明日のことがわからず、不安に思っているのはたしかだが、それはヨーロッパにきてからずっと変わらない。たぶん、日本に帰ったところでプロ選手として永久に走り続けられるわけではないから同じだ。

「そうなのかな。自分ではわからないけれど」

たぶん、三年前は、はじめてツールを走れる喜びの方が大きくて、不安は見えていなかったのだろう。

今でも走ることは喜びだ。だが、続けることの息苦しさも感じている。ことばや慣習に慣れて楽になった部分も大きいから、どちらが苦しいなどとは決められない。

「ぼくは平気だよ。バイヨンヌも居心地がいいし、チームのみんなもよくしてくれる」

前のチームとも揉めて別れたわけではない。別に心配されるようなことはない。

「俺もそう言ったんだけどね。でも俺は、前のチカをあまり知らないから」

ジュリアンが明るい口調でそう言った。

「エースに心配をかけるようじゃ、アシスト失格だな」

ぼくは冗談めかして笑った。

不思議な気がした。ぼくはニコラの表情に、ほのかな暗さを感じ取っている。三年前とは違うと感じている。ニコラは反対に、ぼくのことを心配している。

変わったのは、ニコラなのかぼくなのか。それとも両方なのか。

考えても仕方のないことをぼくはつらつらと考える。


走っているときは、頭の中が透明になる気がする。

なにも考えなくなるのではない。いろんな考えが、風のように吹き抜けて通り過ぎる。ときどき、自分が気づかなかった感情すら、掘り起こされて驚くこともある。見えなかったものがいきなり見えたり、忘れていた記憶が蘇る。

気持ちを揺さぶられることはさほど多くない。どんなに重苦しい記憶でも、どこか距離を置いて静かに向き合うことができる。

まるで走っているときだけ、現実や不安から自由になれるかのようだ。そんなふうにときどき思う。

もちろん、そんなものは気のせいに過ぎないし、永久に走り続けることなどできない。遅かれ早かれ止まらなければならないし、そうなれば、現実とも自分の感情とも向き合わなければならない。

一走りしてから、ニコラと待ち合わせをしているカフェに行った。

テラス席の近くに自転車を立てかけて、チームジャージのままエスプレッソを飲んでいると、地元の人たちが話しかけてくる。サインを求められることもある。

ぼくは人気選手ではないが、フランスバスクのチームに加入した唯一の日本人だから、チームのファンには名前が知られているし、なにより東洋人だから目立つ。

これも仕事のうちだから、求められれば喜んでサインをする。

今日はよく太った、五十代くらいの男性が話しかけてきた。

「オランジュフランセの選手だろ。応援してるよ」

「ありがとうございます」

握られた手は汗ばんでいて熱い。

「バスクに住んでいるのか？」

「ええ、バイヨンヌです。食事はうまいし、いいところだ」

バスクの人たちは、自分たちの故郷に誇りを持っている。褒めるとみんな笑顔になる。

「ツールは出るんだろう。優勝を期待しているよ。ニコラ・ラフォンがくるんだからな」

「ぼくが出るかどうかはわかりませんが、ニコラは出ますよ」

まだ発表はないが、怪我や体調不良さえなければ決まっているも同然だ。オランジュフランセにはほかにツールで勝てそうな選手はいない。

「ニコラなら勝てると信じてるよ。ドミトリー・メネンコになんか負けないでくれ」

ジュリアンが話に加わる。

「メネンコはまだ出るかどうかわからないさ」

「そうか？　さっきラジオで、チーム・ラゾワルに加入が決まったと流れていたぞ。ツールにも出るつもりらしい」

ぼくたちは顔を見合わせた。噂に過ぎなかったものがとうとう姿を現したのだ。

「そう。教えてくれてありがとう」

礼を言ってもう一度握手をすると、彼はぼくたちのテーブルから離れた。

「いよいよきたな」

イバイが、エスプレッソのカップをもったままつぶやいた。

連盟か、主催者側が彼の出場に難色を示していたのはたしかだ。つまり、その障壁は乗り越えたということだ。

ジュリアンがスマートフォンで、ネットニュースをチェックした。

「ああ、ニュースサイトに出てる。間違いない」

彼が見せてくれた画面には、記者会見をするメネンコの顔が写っていた。

小さい画面で見る限り、顔立ちは五年前と変わらない。顎の尖った、彫りの深い顔、落ち窪んだ鋭い目。画面を射るように眺めて、口元を歪めている。その顔だけでは彼の感情は窺えない。過去のように走れるかどうかはわからないし、走れない可能性の方が圧倒的に高い。なのに、彼の目を見ていると、ひどい胸騒ぎがした。

イバイも黙りこくっている。

カフェの前にミニバンが止まった。降りてきたのはニコラだった。運転席にはチームの女性マッサーであるアンリエッタがいた。

「ごめん、遅くなって」

ニコラはぼくの前に腰を下ろした。アンリエッタは、ぼくらに軽く手を振ったまま、車を動かした。停めるところを探しに行くのだろう。

「ニコラ、聞いたか？」

「さっき、車の中でね」

なにを、と言わなくても、彼には通じたようだ。

「大丈夫だよ。ぼくたちは、やるべきことをやるだけだ。出場選手の数は同じだし、メネンコよりも強敵はたくさんいる」

去年優勝したスペイン人のハビエル・レイナや、二位だったオーストラリア人のイーサン・ドノヴァンなど名前を挙げればきりがない。

ぼくが去年まで同じチームで走っていたミッコ・コルホネンもたぶんツールを目標にしているだろう。

ニコラは、テーブルに両手を置いた。

「メネンコがいようといまいと、ぼくが勝てる確率は低いよ」

ことばだけ聞けば、ひどく弱気に思えただろう。だが、彼の目は不思議な輝きをたたえていた。

日本人とはまるで違う色の薄い瞳が、ぼくを凝視した。思わず口が動いていた。

「でも勝つんだろう」

勝てるかどうかはわからないし、勝てない可能性の方が高い。

だが、それでも勝つのだ。

ニコラはにっこりと笑った。


その日の夜、ベッドに入ろうとしたとき、携帯電話が鳴った。

見れば、伊庭からだ。電話に出る。

「今日は悪かったな」

挨拶もなく、いきなり用件を切り出すのは、いつもと同じだ。

「メネンコのことがあったんだろ」

記者会見には、ほかのチームメイトたちは出ていなかったが、彼を囲んでミーティングがあったろうことは想像できる。

「そのことなんだが……」

伊庭が少し口ごもった。彼らしくない、と思った。

「どうした？」

「メネンコが白石に会いたいと言っている」

驚いて、眠気が覚めた。

ドミトリー・メネンコとは一度も会ったことがない。ぼくがヨーロッパにくる年に引退したのだから当然だ。ぼくの名前など知っているとは思えない。

「ぼくを知っているのか？　メネンコが？」

「そりゃあ、選手の名前くらい知っているだろう」

伊庭はさらりと言ったが、ぼくにはまだ信じられない。

どこか、それをうれしいと感じている自分がいる。たとえ、名声は地に堕ちても、彼は間違いなくスターで、ぼくのヒーローだった。自分とはまったく別の世界にいる人だと思っていた。

「どうする？　会ってくれるか？　嫌なら断ってもいいぞ」

会いたくないわけではない。ただ、理由による。

「なぜ、ぼくに会いたいなんて言うんだ」

「俺も詳しくは知らない。なにか頼みがあるらしい。バイヨンヌまで行くし、おまえの予定に合わせると」

警戒信号が点る。ぼくが彼にできるようなことがあるとは思えない。

伊庭は小さくためいきをついた。

「おまえが嫌なら、俺が断る。だが、メネンコは断言した。違法なことを頼むつもりはないし、おまえが迷惑を被るようなことではない、と」

彼は一度は嘘をついた男だ。だが、そこまで言うのなら、話を聞くくらいはできる。聞いて、引き受けられないことなら断ればいい。

「いいよ、聞いてみるよ」

そういうと、伊庭はほっとしたように息を吐いた。

「わかった。いつなら空いている？」

「今週は、明日か明後日の夕方から夜なら。週末にはレースがあるから、その先なら来週になる」

「じゃあ、明日の夜にセッティングする」

あまりに急な話で驚く。それほど切羽詰まった話なのだろうか。

伊庭らしくない、と感じるのは、彼がメネンコに押し切られているからなのか。

「ぼくの方がレストランは知っていると思うけど……」

「たぶん、店では会いたくないと言うだろう。俺の部屋にきてもらう方がいいと思う。駅からもそう遠くないし」

たしかにメネンコならば、人目につく場所に行きたいとは考えないはずだ。記者会見をした後で、噂にもなっている。

「あとで、時間と住所をメールする」

伊庭はそう言って電話を切った。

伊庭の住むアパルトマンは、駅から数分の、開けた場所にあった。

エレベーターがなく、三階まで階段で上がらなくてはならないが、フランスでは別に珍しくない。一階に自転車を置く場所があるから、持って上がらなくていいぶんだけ、まだましだろう。

約束の時間ちょうどに部屋のベルを鳴らすと、なにも言わずにドアが開いた。

伊庭はぼくの顔を見ると小さな声で言った。

「もうきている」

室内は、外観と同じように殺風景で生活感がない。荷物がないのも、まだヨーロッパにきて間もないのだから当然だ。自分のときどうだったのかはまったく覚えていないが。

小さなテーブルと椅子が一脚だけある。そこにメネンコが座っていた。

テレビで見ていた印象よりも肩幅が広く、がっしりとしている。自転車ロードレースから離れていた間もきちんと節制していたように見えた。アスリートの身体だ。

彼は立ち上がって、とってつけたように笑った。英語で言う。

「ミスター白石、ツールでの活躍は見てるよ。三年前に山岳ジャージを着たときとか」

差し出された手を握りかえす。

「ありがとうございます」

たった一日だ。本当に覚えているのかどうかもあやしいと、心の中で思う。ぼくの名前で検索すれば、その程度の戦歴は出てくる。

「あなたに憧れていました。ファンでした」

そう言うと、彼は口元を歪めた。

「過去形だな。ああ、いいんだ。当然だ。そのことについては深く反省している」

椅子は一脚しかない。代わりに病室にあるようなそっけないベッドに腰を下ろした。

伊庭はそのままキッチンに行った。電気ポットで湯を沸かしはじめる。

「ぼくに頼みたいことってなんですか？」

性急かもしれないが、それを聞かないことには胸のざわめきがおさまらない。

メネンコは、指を組み合わせて口元に押しつけた。

「きみの助けを借りたいんだ」

「ぼくになにかできることがあると？」

同じチームでもない。これまで縁もゆかりもない。顔見知りですらない。

「もちろん、怪訝に思うのは当然だ。だが、これまでつながりがないからこそ、頼みたい」

居心地が悪くて座り直した。フレームは安物だが、マットレスは上等だ。なのに、尻がもぞつくような気がする。

「脅迫されている。相手は誰だかわからない」

彼は早口でそう言った。

一瞬、うまく聞き取れなかった。英語も話せないわけではないが、日常的には使っていない。

メネンコは次にフランス語で言った。やっと理解できた。

「手紙か電話ですか？」

「電話だ。何度もかかってくる。ツールに出場するならば、おまえには死が待っていると」

ぼくは大きく息を吐いた。死の気配は、いつのまにか忍び寄っている。いつもそれを感じている。だからこんなにはっきりと言われるのは苦手だ。

「警察に相談は」

「しないよ。ただでさえ、俺は主催者側から圧力をかけられている。ややこしいことはごめんだ」

脅迫は犯罪だが、主催者側はセキュリティの問題にして、メネンコをレースから弾き出すこともしかねないということか。

伊庭がコーヒーを持ってくる。メネンコは礼を言って、それを受け取った。

「誰かに恨まれた覚えは？」

そう尋ねると、彼は声を出して笑った。

「俺を恨んでいる人は何百人も何千人もいるんじゃないか」

彼が逮捕されたことは、自転車ロードレース界では大きな事件だった。

スポンサーが去り、チームを失った人間もいる。思わぬ巻き添えを食って、その先仕事がなくなった人もいるかもしれない。

それだけではない。彼に入れ込んでいたファンで、裏切られたと感じた者もいるはずだ。

たしかに何百人、何千人だ。大げさではない。

「俺が勝ったレースで走っていた選手は、みんな俺を恨んでいても不思議はないさ」

「まさか。そんな大げさな」

一応、口ではそう言ったが、その感情は容易に想像できた。

もう少しで勝利に手が届き、それが栄光や今後の契約や年俸につながったはずなのに、それを不正によってさらっていった選手がいる。

自分がその立場になったら、彼を恨まないでいられるかどうか、わからない。

正々堂々と戦って負けたのなら恨みはしない。だが、彼がこれまでのレースで不正をしなかった証拠はないのだ。

「きみは、俺と一緒のレースでは走っていない。そして俺の熱狂的なファンでもない。くわえて日本人だから、ヨーロッパに血縁者もいない。そうだろう」

メネンコが悪戯っぽい目をして笑った。

つまり、メネンコにとって、ぼくは自分を恨んでいないと確信できる数少ない選手というわけだ。

関わりがないからこそ、そう断言できる。ぼくも少し笑った。

「そうですね。あなたを恨んでいるわけではない」

悪い感情を一切抱いていないというと嘘になる。だが、殺したいほどというわけではなく、レースから追い出したいとも思わない。

「だから、きみの助けを借りたい。もちろん、礼はする」

「脅迫に対して、ぼくになにができると？」

メネンコはゆっくりと足を組み替えた。

「オランジュフランセに、俺を恨んでいる人間がいる。ツールの期間、彼に気を配ってほしい」

ぼくはぎこちなく笑った。

「まだツールに出られるかどうかわからない」

「出るだろう。きみはツールの経験もある。ミッコ・コルホネンの優勝を支えた騎士《ナイト》のひとりだ」

「買いかぶりすぎですよ」

「きみと契約して、ツールに出さないのは、年俸を捨てるようなものだ。ニコラ・ラフォンとも仲がいいのだろう」

「そうですね」

プライベートでのつきあいまではない。だが以前からニコラがぼくを同じチームに呼びたがっていたことは知っている。はっきり誘われたこともある。

ぼくの役目はニコラ・ラフォンのアシストだ。それは間違いない。

有頂天になりかけている自分に気づいて、はっとする。自分のやってきたことと、評価してもらいたいと思っていることを、ことばに出して言われるのは快感だ。

調子に乗るなと水を差す、もうひとりの自分もいない。

「それで、誰ですか。その選手は」

「アントニオ・アルギだ」

ミーティングでは何度か会ったことがあるし、挨拶くらいはする。だが、それだけだ。正直なところ、同じチームになるまでは名前を聞いたことがあるという程度の選手だった。

キャリアだけは長いが、華やかな勝歴には縁がない。地味な、チームのファンですら気にとめないような選手だ。

もちろん、日本人という特徴がなければ、ぼくだって同じようなものだ。

「彼はなぜ、あなたを恨んでいるんですか」

メネンコは軽く肩をすくめた。

「それはこの際関係がない」

「言いたくはない、と？」

「言ってもいいが、俺だけの問題じゃない。アルギがそれをきみに知られたいかどうか。知られたくないと思うんじゃないか？」

ぼくはしばらく考え込んだ。

もし、メネンコがアルギに対してひどいことをしたのなら、メネンコの味方にはつきたくない。

「ぼくが、あなたの味方になる理由はなにかありますか？」

礼をすると言ったが、金銭的な見返りなど求めていない。レースで手心を加えられるのはごめんだ。

メネンコは背もたれに身体を預けた。顎を引いてぼくを見る。値踏みされているような気がした。

「もし、きみと契約するチームがなくなったときに、つながりのあるチームの監督に口をきいてやる。いろいろあったとはいえ、顔はきみよりもずっと広い。現役のトップ選手よりもね。来年でなくても、再来年でも、その先でも」

ぼくは髪をかき回して笑った。

メネンコは洞察力がある。ぼくがなにを欲しがり、なにに飢えているかちゃんと気づいている。

「悪くないな」

「それに、スキャンダルが起きると困るのは、きみも一緒だろう。ミスター白石？」

息を呑んだ。

アルギがどんな理由でメネンコを恨んでいるのかは知らないが、選手が暴力沙汰を起こせば、ペナルティを科せられるかもしれない。

それでなくても、チームの士気が下がる。そんなとき、矢面に立たされるのは、アルギ本人だけではない。スター選手であるニコラも不快な思いをするだろう。

「別にアルギを止めろとか、彼を刺せとか言っているわけじゃない。彼があやしい行動をしないかどうか見張っていてほしいというだけだ。問題が起こらないようにするメリットは、きみにもあるはずだ。契約のことは別としてね」

それはたしかにそうだ。もしメネンコがアルギに極悪非道なことをしていたとしても、レースの最中に復讐が行なわれることだけはごめんだ。それを阻止できるのなら、なんとしても阻止する。

「わかった。でも、ぼくがツールに出場するかどうかはわからないし、それはアルギも同じだ」

チームとして行動しているときならまだしも、プライベートでアルギを見張ることなどはできない。

彼がどこに住んでいるかすら知らないし、つきあいもない。これから親しくなれるほど、ぼくは社交的なタイプではない。

「そうだな。きみは選ばれるだろうが、アルギが選ばれるかどうかはわからないな。もちろん、俺は俺でボディガードを雇っている。だが、レース中やその前後はどうしても無防備になる。そういうことだ」

つまり、アルギとぼくがツールに出場して、選手として行動しているときだけ注意を払えばいいということだろうか。

「そういうことなら……」

「じゃあ、契約成立だ」

メネンコはもう一度手を差し出した。握手をする。

断る理由はない。

頼まれたわけではなくても、こんな話を聞いたらアルギの行動に目を向けないわけにはいかないし、彼がなにかあやしい行動に出るなら止めるだろう。メネンコの言う通り、ツール期間に限れば、ぼくとメネンコの利害は一致している。

だが、空中に足を踏み出してしまったような、危うさを感じるのはなぜだろう。

メネンコは前屈みになって指を組み替えた。

「俺はもう老いたよ。今さら、ニコラ・ラフォンやハビエル・レイナに勝てるとは思わない。だが、俺は俺でツールに人生を捧げた男だ。自分の経歴に泥を塗ったまま、ツールを去りたくないだけなんだ」

日本でテレビを見ていた頃のことを思い出す。

彼はいつも、苦悶に顔を歪めて走っていた。眉間に刻まれた皺は深く、笑ったときにもその片鱗が残っている気がした。

彼はヒーローだった。人々の期待や憧れを背負って走っていた。それに泥を塗ったまま、立ち去りたくないという気持ちはわかる。

でも、彼の言うことをそのまま受け入れられない自分もいる。

――だったらなぜ、薬などに手を出したんだ。

そう思うだけで口には出さない。そういう時代だったのだと言われてしまえばそれまでだ。


メネンコが帰ってしまうと、全身の力が抜ける気がした。

引退して五年も経っているというのに、彼にはスター選手のオーラがあった。勝利をすべて剝奪され、名声は地に堕ちたはずなのに、彼は堂々としていた。

スター選手はこれまで何人も見てきたし、一緒に走ったことだって何度もある。だが、一度も不正に手を染めていない選手とくらべても、彼には風格が感じられた。

伊庭は壁にもたれたまま、しばらく黙っていた。

「ややこしいことに関わらせたな」

ぼくは首を横に振った。

「彼の言う通りだ。もし自分のチームメイトが彼に復讐しようとするなら、絶対止める」

メネンコとアルギの間にどんな確執があるのかは知らないが、暴力に訴えるようなことは許されない。チームにまで迷惑がかかる。

「一応言っておくが、メネンコが警戒しているのは、おまえのチームメイトだけじゃない」

それを聞いて驚いた。

「俺もよく知らないが、他にも何人かから恨みを買っているようだ」

ぼくは苦笑した。

「いい人生を送っているとは思えないな」

メネンコは言った。自分を恨んでいる人間なら、何百人、何千人といる、と。

だが、そんなふうに考えられるのもある種の強さだ。

ぼくなら、恨まれることには耐えられない。相手が悪いのだと思い込んだり、気づかないふりをしてしまうだろう。

立ち去った後でさえ、この部屋には彼の威圧感が残っている。息苦しくなるほどだ。

さっきまで彼が座っていた椅子を見ながら思った。

憧れるか、軽蔑するか、どちらかに決められたらどんなに楽だろう。


監督から、ツール・ド・フランスの出場者が発表されたのは、その二週間後だった。

当たり前のように最初にニコラ・ラフォンの名前があり、そしてぼくの名前も見つかった。

ドミトリー・メネンコの言った通りだった。ぼくは大きくためいきをついた。少なくとも勝負するチャンスだけは与えてもらえたというわけだ。

これで自分の価値を示せるかどうかはまだわからないが、勝負さえできない可能性だってあった。運に見放されているわけではない。

出場選手は九名。

最後の選手の名前を見て、ぼくはもう一度、息を吐いた。
アントニオ・アルギ。

3

疚《やま》しいという感情は不思議だ。

誰に恥じることもなく、正当なふるまいをしているはずなのに、疚しさがつきまとうときがある。心から追い出そうとすればするほど、疚しさは強くなるし、いくらその行動の正当性を言いつのっても無駄だ。

そんなときは、たぶん、自分自身が気づいているのだ。自分が訴える正当性の危うさに。

メネンコと会ってから、ずっとそうだった。誰に非難されたわけでもないのに、なぜか後ろ暗い気持ちがぬぐえない。

彼の頼みを引き受けたことを後悔しているわけではない。撤回するチャンスがあったとしても、撤回はしないし、メネンコの言っていた通り、違法なことでもない。トラブルを避けたいと思うのは正当なことだし、アルギがなにも企んでいなければ、そもそもなにもする必要はない。

だが、そう言い訳しても疚しく感じてしまうのは、他人の秘密に関わろうとしているからかもしれない。

他人の秘密を知りたい人はそれなりにいるだろうし、好奇心を感じてしまう気持ちはわかる。

だが、できることならぼくは関わりたくない。騙されて不利益を被っているのならともかく、誰かが隠していることを暴いてどうなるのだろう。

誰かが耳元で、他人の秘密をささやくたびに、「やめてくれ」と思っていた。勝手に共犯者にされるのはまっぴらだ。

それでも世捨て人として生きているわけではない。疚しかろうとそうでなかろうと、関わらざるをえないときはくるのだ。


今年のツール・ド・フランスはベルギーのアントワープからのスタートになる。

フランスのレースではあるが、最近では他の国がコースに組み込まれることも増えた。それだけ大きなスポーツイベントであり、大金が動くのだろうと、どこか冷ややかに考えている。

ベルギーからならば、フランス国内と同じようにバスで移動できるからまだいい。場合によっては、飛行機移動などもコースに組み込まれて大変だし、リズムが狂う。

一度、シチリア島がコースに組み込まれたときは、苦労した。

島からの移動のため、最初の休養日が三日目にきてしまったのだ。

二十三日間のレースで、休養日はそのうち二日間と決まっている。残りの二十日で、一日しか休みがとれないことになり、後半かなり苦しめられた。もっとも、レースが過酷になったとしても全員が同じ条件で走ることに違いはない。

いちばん強く、回復が早いものが勝つ。

そう、この世界一過酷だと言われるレースは、強いだけでは勝てない。蓄積する疲労を回復させ、立ち直ったものしか勝てないのだ。

だからこそ、ドーピングが強い効果を上げた。

今はもうそんな時代ではない。マッサージを受け、食べ、そして眠る。生き物として強いものが勝つ。

ツールの総合優勝はたったひとりだが、だれもがその総合優勝を狙っているわけではない。そのことが、このスポーツに複雑さと人間くささを与えている。

ステージでたった一勝でもできれば勝ちだとするチーム、スプリントステージで勝つことを目標とするチーム。

ニコラ・ラフォンのような選手にとっては、まさしく総合優勝こそが勝利といえるだろう。そして、ぼくはニコラを勝ちに導くことが勝利だ。できれば、ステージ優勝とまではいかなくても、派手な活躍をして、来年の契約につなげたい。

メネンコの存在が不気味なのは、彼がなにを目的としているのか見えないからかもしれない。単に、もう一度出場して、完走するだけでいいのか。それとも、以前と同じようにもう一度総合優勝を目指しているのか。

どれだけ走れるかも、どの程度警戒すべきかもわからない。

だから、選手も監督も、メネンコの存在に怯えている。

年老いたとはいえ、相手は歴戦のつわものだ。現役の選手で、メネンコ以上の勝歴を持っている選手はいない。

トレーニングをしていたとしても、実際のレースに出ていなければ勘は鈍るはずだ、と言うものもいれば、これまで何度も勝ち続けてきたメネンコだから、特別なのだという人もいる。

どちらにせよ、ツールがはじまらなければなにも判断できない。

監督のトラマから連絡があったのは、六月も半ばを過ぎ、ツール・ド・フランスまであと三週間を切った頃だった。

二日前まで、ぼくとニコラは、ツールの前哨戦と言われる、クリテリウム・ドゥ・ドーフィネに出場していた。ニコラはふたつの山岳ステージで勝利したが、序盤のタイムトライアルでタイムを失い、二位に終わっていた。

優勝こそできなかったが、調子がいいことは一緒に走ってよくわかった。

「来週の火曜日、ナントにこられるか？」

ツールまで、レースの予定は入っていない。トラマがナントにこいと言う理由はわかった。

「チーム・タイムトライアルの試走ですね」

オランジュフランセは、山岳に強い選手が揃っているせいで、タイムトライアルでの成績があまりよくない。

個人の成績がよくないのはなにも問題ない。ぼくもいつも、タイムトライアルは流して走る。だが今年のツールは一週目の終わりに、チーム・タイムトライアルがある。ここでの成績は、ニコラの総合成績に大きな影響を与える。おそらくは悪い方に。

タイムトライアルの成績を改善するのは今からでは難しいが、試走を重ねれば傷を浅くすることはできるだろう。

慣れたコースならば、タイムは縮まる。

「他の選手も揃うんですか？」

「まだ声をかけてない選手もいるから、わからない。だが、ジュリアンとアントニオはくる」

アントニオ・アルギ。彼の名前を聞いて、ぼくは背筋を正した。

クリテリウム・ドゥ・ドーフィネのメンバーに、彼は入っていなかったから、同じチームで一緒に走るのははじめてだ。

これまで、違うチームでレースを走ったことはあるだろうが、ぼくはほとんど彼のことを認識していなかった。たぶん、彼もそうだろう。

どこか上の空のまま、ホテルの名前をメモする。前日の月曜日にはナントに行くことを約束して電話を切った。

メネンコから話を聞いた後、彼の名前をインターネットで検索してみた。

アントニオ・アルギ、三十五歳。選手としてはベテランだ。

二年ごとにチームを転々とし、いくつかの小さいレースで勝っている。いちばん華やかな勝歴は、二十五歳の時、ジロ・デ・イタリアで一度ステージ優勝をあげていることだ。だが、それ以降は大きな勝ちとは無縁だ。

メネンコと同じチームだったことがあるのかと思ったが、それもなかった。スキャンダルのようなものもない。

少なくとも、ネット検索でわかるような範囲ではいざこざのようなものは見つからなかった。もっと深く掘り下げていけばわかるのかもしれないが、それも疲れてしまったのだ。

理由がわからなくても、アルギの様子に気を配ることはできる。

ぼくは立ったまま、壁にもたれた。

アルギのことをよく知らないまま、メネンコの頼みを引き受けたことに、かすかな罪悪感があるのは事実だ。だが、彼のことを知ることも、少し怖いと思う。

もし、アルギがメネンコを恨んでいて、その理由が正当なものであったとき、自分が心情的に彼の側に立たないとは言い切れない。

スターと、日の当たらないアシスト選手では、自然と後者の方に感情移入してしまう。ぼくは頭を振って、くすぶりはじめた思考を追い払った。

たとえそうでも、暴力的なことはごめんだし、レースの期間だけは食い止めたい。

だが、メネンコの言っていたことを思い出す。

もし、アルギでなくても、メネンコを恨み、復讐したいと思うものがいれば、レース中はいちばんの好機だろう。

ナントはフランスの西、ロワール川に面した都市だ。

現在ではロワール・アトランティック県に属しているが、歴史的、文化的にはブルターニュ地方の特色を色濃く持っている。

日本にいた頃は、フランスにはおしゃれで女性的なイメージを勝手に抱いていたが、フランスにも、もちろん地方の特色はある。

ブルターニュは、どこか男性的で粗野なイメージの強い地方だ。荒れ地が多く、崖や多くの島など、変化に富んだ地形であることや、もともとケルト民族が住んでいた地方であることも大きいのかもしれない。そば粉のガレットが名物になったのも、小麦粉が育ちにくい土地だったからと聞く。

今ではナントは、フランスの中でも豊かで発展した街のひとつだ。

ジュリアンやイバイと一緒に、TGVでバイヨンヌからナントまで移動した。

旅ばかりの日々だから、キャリーバッグは、一、二年でボロボロになり、新しいものを買わなければならなくなる。

移動した先でも、自転車で百キロや、長いときには二百キロ走ったりすることを思えば、まさに旅こそ、自転車選手の人生だ。

市内中心部にある、近代的なホテルに入ると、ロビーの椅子にニコラがいるのが見えた。コーヒーを飲むというイバイたちと別れて、ニコラに声をかける。

「やあ、チカ。今着いたのか？」

振り返ったニコラに近づいて、やっと、彼の前に座っているのがアルギであることに気づいた。

一瞬こわばった表情を、笑顔でほぐしてから歩み寄る。ニコラと握手をしてから、アルギにも微笑みかけた。

アルギは、かすかに口元を緩めて、ぼくに手を伸ばした。握った手は熱かった。

スペイン人だが、眉と唇が薄く、ラテン系らしくない顔立ちをしている。えらの張った輪郭といい、どちらかというとゲルマン系に近いような雰囲気だ。

ちょうど、団体客が到着したばかりで、フロントは混んでいる。ぼくは空いている椅子に腰を下ろして、ニコラたちと話をすることにした。

クリテリウム・ドゥ・ドーフィネの最終日にはげっそりと削げていたニコラの頰が、少しふっくらとしてほのかに赤い。この回復の早さこそが、一流選手の証だ。

「ニコラは、いつ着いた？」

「さっきだよ。まだ部屋が空いてないと言われた」

見れば、ニコラの横にも見慣れたキャリーバッグが置いてある。

「アルギさんは……」

そう問いかけると、アルギは少しはにかんだように笑った。

「アントニオでいいよ。俺もさっき着いたばかりだ」

アルギがバルセロナ近辺に住んでいることは、前に聞いた。

「ぼくもバルセロナに住んでたことがありますよ」

そう言うと、アルギは頷いた。

「ああ、サントス・カンタンにいた頃だろう」

それを聞いて驚く。サントス・カンタンはスペインのコンチネンタルプロチームだ。ヨーロッパにきたばかりのとき、所属していたチームで、今はもうスポンサーと名前が変わっている。

驚いた顔をしていたのだろう。アルギはおもしろそうに笑った。

「日本人はまだ珍しかった。今はそうじゃないが」

「ああ、そうだね」

当時、ヨーロッパで走っていた日本人はほとんどいなかった。たった五年で環境は大きく変わった。

アルギは足を組み替えた。

「俺は、ミッコ・コルホネンと同じチームだったことがある」

「ミッコと？」

「八年ほど前かな。生意気な若造だったよ。もっとも、俺もそうだったが」

笑いながらも、ぼくはまた驚いていた。

彼は、ぼくがミッコ・コルホネンのアシストだったことも認識している。ぼくが考えていたよりも、彼はぼくを知っている。

ふいに、ある考えが心をかすめる。

アルギとメネンコの間に確執があったとすれば、それはメネンコが引退するよりも前のことだ。ぼくがまだ日本にいた時期のことになる。

ミッコはなにかを知っているだろうか。

もっとも、ミッコはぼく以上に、他人のゴシップになど興味のない男だろう。

部屋の用意ができたのだろう。ホテルの従業員がニコラを呼びにきた。

「じゃあ、また夕食のときにでも」

ニコラはそう言って、椅子から立ち上がった。自然とアルギとぼくとが取り残される。

こういうとき、さりげなくメネンコの話を振って、彼の反応を引き出せるようなら、いいスパイになれるのかもしれないが、とてもそんなことはできそうもない。

小説や映画などに出てくる、人の心を読んだり、人を思いのままに操ったりするキャラクターに魅力を感じることはあるが、どうすればそんなことができるのかなど、想像することも難しい。そんなことを考えたせいか、ぎこちない空気が漂いはじめた気がする。そろそろフロントも空いてきた。立ち上がろうとしたとき、アルギが言った。

「ドミトリー・メネンコと同じチームに、日本人がいるだろう？」

一瞬、息を呑んだ。気づかれないようにあわてて笑顔を作る。

「ああ、知ってるよ」

「仲がいいのか？」

「昔同じチームだった。それに彼は今、バイヨンヌに住んでる。一緒に練習するときもあるよ」

嘘をつくつもりはない。メネンコに会ったことまでは言うつもりはないが、伊庭と親しいことは、隠してもよそからばれてしまう可能性がある。そのときに、よけいにあやしまれる。

「そうか……」

アルギは顔を曇らせた。少しわざとらしいほど、はっきりした表情。ここで、「なにかあるのか？」と聞かないのは、よっぽど鈍感な男だろう。だから、ぼくも尋ねる。

「伊庭がどうかしたのか？」

「いや、彼が問題じゃないんだ」

「じゃあ、なにが？」

「メネンコにはあまり関わらない方がいい。それだけは忠告しておきたい」

ぼくは眉を寄せた。こういうとき、どう返事をするのがいちばん自然だろう。

「また、彼が不正をするかもしれないってこと？」

「そうじゃない。あいつは執念深い。それに嘘をつくのをなんとも思わない奴だ。自然になにかも取り繕うように嘘をつく。気がつけば、まわりの人間も巻き込まれている」

ぼくは唇を指で押さえた。

人の悪口を聞くのは、あまりいい気分ではない。だが、アルギのことばには興味がある。

メネンコは、アルギが自分を恨んでいると言った。恨んでいるかどうかまではわからないが、少なくとも嫌っているのは事実のようだ。

アルギは、メネンコは嘘つきだという。アルギが正しければ、メネンコのことばはすべて嘘かもしれない。もしくは、恨んでいるからこそ、メネンコが嘘つきだと言うのか。

まるでシーソーのようだ。どちらのことばに重きを置くかで、見える景色はまるで変わる。変わらないのは、互いに悪感情を抱いていることだけだ。

「わかった。伊庭にそれとなく忠告しておくよ」

そう言うと、アルギはほっとしたような顔になる。

「その方がいい。あいつに振り回されるとろくでもない目に遭う」

彼はそう言って立ち上がった。その背中を見送りながら思う。

アルギは、「ろくでもない」目に遭ったのだろうか、と。


ナントのホテルで、ぼくはニコラと同室になった。クリテリウム・ドゥ・ドーフィネのときは、別々の部屋だったから、今回がはじめてだ。

ニコラはチームのエースだが、エースが必ずしもひとり部屋を好むわけでもないのが、おもしろいところだ。ミッコ・コルホネンもそうだったし、ぼくが日本で走っていたときのエースもそうだった。

たぶん、ぎりぎりのレースに身を置いていると、孤独がよりいっそう染みるようになるのだろう。馬鹿話をして、現状を忘れる時間は必要だ。

ぼくは、どちらでもかまわない。ひとりはひとりで気楽だし、レースの期間中、人に合わせるくらいのこともなんでもない。自分でどちらかを選べるような立場でもない。

だが、本当にどちらかを選んでいいのなら、ひとりで過ごすことを選ぶかもしれない。

その程度にはひとりが好きだし、孤独にも耐性がある。五年も、家族や昔の友人から離れて生きている。孤独に耐えられない人は、さっさとパートナーを見つけている。ぼくにとっては、階下に家主がいる程度の距離感が、いちばん心地いい。

ホテル三階のツインルームは狭かったが、バスタブもあるし、清潔だ。ニコラが窓際のベッドに荷物を置いたので、ぼくは手前のベッドを使うことにする。

今日の予定は、夕食の時のミーティングだけだ。明日早朝、車が少ない時間にチーム・タイムトライアルの試走をする。

ふいに、ポケットに入れていた携帯電話が震えた。

液晶画面を見ると、ミッコ・コルホネンからだった。同じチームにいたときは、たまに連絡を取り合ったり、食事をしたりしていたが、チームが別になってからは、数えるほどしか連絡はない。

ぼくはベッドに腰掛けて、電話に出た。

「ハイ、ミッコ」

「元気か？」

懐かしいぶっきらぼうな英語が聞こえてくる。単語を放り出すような話し方をするのは、母語でないせいだろうか。ぼくは、ミッコがフィンランド語で、どんな風に喋るのかはよくわからない。家族と話しているのを横で聞く限りは、英語よりも少しだけ饒舌だ。

「元気だよ。もうすぐツールだね」

「今、レナとアキとパリにいる。アキがチカと話をしたがっている」

レナは彼の妻で、アキはミッコの四歳になる息子だ。子供のくせに、あまり笑わず、ミッコと同じような仏頂面をいつもしているのだが、そこがやけに可愛らしい。子供の頃のミッコも同じようだったのだろうと想像して、つい、笑顔になってしまう。

「ハロー」

たどたどしい英語が聞こえてきて、思わず微笑んでしまう。

「英語を勉強したのかい？」

ゆっくりとわかりやすいように、そう語りかける。

英語は挨拶だけで、すぐにフィンランド語の不思議な響きに変わる。ぼくは笑いながらアキの話に相づちを打つ。

自然に日本語でつぶやいていた。

「会いたいよ。アキ」

弾けるような笑い声が聞こえる。自分に語りかけられたことがわかったのか、それとも日本語の響きがおもしろかったのか。

電話を取り上げたのか、声はミッコのものに変わる。

「七月の終わりまで、家族でパリに部屋を借りている。もし、パリにくることがあったら食事でもどうだ？」

彼は今年から生活の場をヘルシンキに移しているが、ツールの間だけは、家族をパリに住まわせるのだろう。

「ヘルシンキの夏は短いのに」

八月になれば、すでに秋の気配が漂いはじめる。

「仕方ないさ。現役の選手でいられる期間も長くない」

そう。特に、グラン・ツールに出られる選手でいる期間はいつまで続くかわからない。

もしかして、ミッコにアルギの話が聞けるかもしれない。

「今、ナントにいる。明日帰るから、パリを経由してもいいけど」

「明日の夜か？　ちょうど空いてる」

ナントからボルドー経由でTGVを乗り継いで帰るより、パリに出て、飛行機でビアリッツに飛ぶ方が早い。

ナントからパリまでは二時間半ほどだ。

「客用のベッドルームもあるから、うちに泊まっていくといい」

帰る日を一日遅らせるくらいは何でもない。ミッコの家にはこれまで何度も泊まっている。

「レナによろしく」

ミッコが電話口でなにかをレナに言ったのだろう。レナの華やかな笑い声が聞こえた。

電話を切ると、ニコラと視線が合った。

彼はベッドに靴のままごろりと横になる。なんとなく気まずくて言った。

「ミッコ・コルホネンからだ。今、パリにいるらしい」

「仲がいいんだね」

「そうだな。家族とも仲がいいから」

もともと、こちら側に家族のいないぼくを気遣って、家に呼んでくれたり、食事に誘ってくれたりしていたのだろう。ヨーロッパの人々は、家族を大事にする。ぼくのような根無し草など、寂しげに見えてしまうのだろう。

ニコラは肘をついて頭を支えながらぼくを見た。

「ミッコ・コルホネンはいいエースだったかい」

「そうだな」

少し胸がちりちりした。彼はいいエースだった。そしてぼくが知っているほかのエースも。その中には、もうこの世にいない人がふたりもいる。

「ぼくは自分がいいエースになれるかどうか、わからない」

ニコラはぽつりと言った。

「ニコラ……」

「足りないものがたくさんあるし、それに、なによりグラン・ツールで勝てていない」

ニコラの言うこともわからないわけではない。彼は人懐っこく、好きにならずにはいられない魅力がある。だが、誰かを統率し、引っ張っていくことはあまり得意でないように見えた。

ミッコは愛想こそ悪いが、頼もしさがあった。そしてメネンコにも、強いカリスマ性がある。

「ぼくはニコラもいいエースになると思うけど」

まだ若いのに、彼の力になりたいと思わせるものがある。ミッコともメネンコともまったく違うが、同じになる必要もない。

「チカはそう言うと思ったんだけどね」

ニコラはそう言ってベッドから起き上がった。

エースとして走るものには、エースとしての不安や覚悟がある。それはぼくには決して見えないものだ。軽々しく、今のままでいいとは言えない。

ただ、ミッコやメネンコがはじめからああだったとは思わない。

ニコラが小さくつぶやいた。

「勝てばなにかが見えるのかな」

頂上に立てば、見える景色は一変するのだろうか。


翌朝、まだ暗いうちから、ジャージに着替えて街に出た。

交通規制が行われるレースと違い、試走の時は車が走っている。特にひとかたまりになって走るチーム・タイムトライアルは、車が多い時間だと危ない。

コースを知ることが主な目的だから、全力で走るわけではないが、それでも同じ条件で走った方がいいに決まっている。

本番では、チーム全員で走ることになっているが、今回試走に集まったのは六人だ。他のレースに出ている選手もいるし、急な招集だから、ナントまでこられない選手もいた。

六月とはいえ、朝六時の川べりは寒い。ウインドブレーカーを着てさえ、身体が冷える。気温はたぶん、十四度か十五度。日本でいえば、晩秋の気温だ。昼間は初夏らしい気温と日差しになるが、朝晩はずいぶん冷える。

走っているうちに、ようやく身体が熱を持ち始める。

何人かの集団で走るときには、いくつかのルールがある。無理な位置取りをして、他の選手を危険にさらさないとか、風の抵抗を受ける先頭を、順番に交代するとか。

もちろんレース中は、勝つことを優先して、恣意的に運用されるルールではあるが、そのルールにいかに向き合うかで、どんな人間かはよくわかる。

アルギは、まじめに先頭交代に参加していた。ベテランの選手は、若い選手を前に行かせようとすることが多いが、そんな様子は見せない。選手の中でいちばん年上なのに、若いジュリアンなどよりもよっぽど熱心に前を引く。

その姿を後ろで見ながら思う。

本当に、この男がメネンコを恨んでいるのだろうか。単に嫌っているだけではなく、殺したいほどの憎しみを内に抱えているのだろうか。

走っている姿を見る限り、そんなふうにはとても思えない。

もちろん、一部からすべてを推測するのは危険だ。昔走っていたメネンコも、不正をするような選手に思えなかった。

ぼくがただ、そうでないと信じたいだけだ。なんの証明にもならない。

それでもぼくは、どこかで考えている。彼は、そんな人間ではないと。


ミッコのアパルトマンは、パリ十六区の高級住宅街にあった。

インターフォンで、建物のドアを開けてもらい、エレベーターで六階まで上がる。

エレベーターホールには、アキを抱いたミッコが待っていた。会うのは、去年のクリスマス以来だから、半年ぶりだ。

「スパイがきたな」

真顔でそう言われて、一瞬、息を呑んだ。

メネンコに会って、頼まれごとをしたことを知っているのかと思った。

だが、ミッコは顔をこわばらせたぼくの、肩を叩いた。

「なんだよ。冗談だよ」

「ああ……」

今は違うチームでツールを走ることを、冗談にしただけだったようだ。肩から力が抜ける。

「チカ!」

アキを抱き上げると、ずいぶん重い。半年で大きくなったのか、それともぼくが重さを忘れているだけなのか。

ミッコも少し太ったような気がする。そう考えてすぐに気づく。太ったわけではなく、体重を絞ることをやめたのだ。

今年から、彼は得意のタイムトライアルでの優勝に照準を絞ると言っていた。これまでは、山岳でクライマーと張り合うために、体重を絞っていたが、タイムトライアルならば、筋肉量が多い方が有利だ。無理な減量をする必要はない。

レナがキッチンから出てくる。美しい人だが、パリの街角を歩くマダムたちのように髪型や化粧に手をかけていない。ブロンドの髪を、無造作にまとめている。

一流の選手の中には、モデルや女優と見まごうばかりの美女を妻にしている者も多いが、レナはあまり目立たない。だが、飾らず本音を口にする、気持ちのいい女性だ。

ぼくたちは、頬を触れあわせて挨拶をした。

「ケータリングを頼んだわ。出かけるよりいいでしょう」

レナのことばに頷く。

パリのレストランでは、子供連れはあまり歓迎されない。アキと一緒に過ごすなら家の方がいい。

リビングルームには、白い革のゆったりとしたソファがある。ソファにかかったシープスキンには見覚えがあるから、これはミッコがヘルシンキから持ってきたのだろう。

ソファに腰を下ろして、アキを膝に抱いた。レナがコーヒーを淹れてくれる。エスプレッソではなく、ドリップコーヒーというあたりが、フィンランド風だ。

「元気そうでよかったよ」

ミッコにそう言われて、ぼくは笑った。

「ありがとう。元気だ」

契約は一年限りで、よくわからない揉め事に足をつっこんでしまったのは事実だが、トラブルに巻き込まれているわけではない。体調も悪くない。

「オランジュフランセはどうだ？」

「うん、うまくやっているよ」

熱いコーヒーを一口飲んでから、ぼくは口を開いた。

「アントニオ・アルギがいるよ。ミッコと昔同じチームだったと言っていた」

「ああ、アントニオは、今、オランジュフランセなのか」

八年前だと言っていたが、ミッコはすぐに思い出したようだ。

「ぼくは昨日、はじめてゆっくり話をしたよ。ミッコの印象は？」

「俺も、二年一緒に走っただけだ。だが、スペイン人らしくない、まじめな男だ。時間も守る」

そういえば、ミッコはよく、スペイン人やイタリア人が時間にルーズなことに腹を立てていた。

昔からそうだったのかもしれない。

「メネンコと揉めたという話は知っているかい？」

「メネンコと？」

ミッコの眉間に皺が寄った。

「ああ、そうだ」

「俺とアントニオが一緒に走っていた頃、メネンコはすでにスター選手だったぞ。同じチームでもなければ、関わるようなことはないだろう」

「彼はメネンコをひどく嫌っている」

「同時代を走っていて、好きな選手なんていないさ」

ミッコはさらりとそう言った。少しショックを受けている自分がいた。

「そうなのか。ぼくはテレビ観戦していただけだから……少し憧れてたよ」

「そりゃそうだろう。俺だって、尊敬していた。決して人格者とは言えなかったが、カリスマ性があって、勝利への強い意志を持っていた。ストイックな男だと思っていた」

だから、裏切られたことに怒りを覚えたのか。

「それはそうだが、それよりももっと個人的な感情があるように見えた」

メネンコが言っていた。アルギは自分を恨んでいると。だとすれば、それは尊敬していたのに裏切られたとかいうようなことであるはずはない。なにか具体的な確執があったはずだ。

ミッコはしばらく考え込んでいた。

「あるのかもしれないが、俺は覚えていない」

だとすれば、ミッコと同じチームだった時期より、後かもしれない。

八年前から、メネンコが引退するまでの期間。もちろん、それより後という可能性も多くはないが排除はできない。

「それよりも、ラス・ウィルソンだろう。メネンコを恨んでいるのは」

「ウィルソン？」

知っている。焦げ茶の巻き毛で、はっきりとした顔立ちをしたアメリカ人の選手だ。何度も同じレースを走ったが、ここ一、二年は見かけない。

引退したのか、それともプロチームとの契約ができなくなったのか。

華々しい引退セレモニーを行える選手でなければ、姿を見なくなってもだれも気にしない。名前を聞いて、「そういえば、最近見ない」と思うだけだ。

きっと、ぼくが自転車界を去るときも、そんなふうなのだろう。

「ウィルソンは、なぜメネンコと揉めたんだい？」

「彼は、メネンコがドーピングをしていると告発した。当時は証拠もなかったし、彼のことばは売名行為だと見られた。メネンコは彼を許さなかった。チームに手を回して、彼の契約を切らせ、他のチームとの契約も阻害した。ようやく、ウィルソンがチームを見つけてレースに出ても、彼の活躍を徹底的に潰した。当時、メネンコにしっぽを振る選手はいくらでもいた。ウィルソンは、まったく勝てなくなり、そしてレースから姿を消した」

ぼくは息を呑んだ。

つまり、彼はメネンコに選手生命を潰されたのだ。

「でも、復活できた」

「ああ、だが、数年を棒に振ってしまったことには変わりはない。メネンコが裁判で出場停止処分になっても、すぐにウィルソンがレースに戻れたわけじゃない。わかるだろう」

ぼくは頷いた。そういうとき、攻撃する側にまわっていた人たちが、すぐに反省するわけではない。理由をつけて、相手を遠ざけたり、見て見ぬ振りをしたりする。

なにもなかったようにすることが、いちばん傷が浅いのだろう。だが、攻撃された側にとってはたまったものではない。自分の正当性が認められた後も、遠ざけられる。

「だから、ウィルソンはたぶんメネンコを恨んでいるだろう。今、彼がどこで走っているのか知らないが……」

アキは、ぼくの膝にいるのに飽きたのか、ソファから降りて、自分のおもちゃ箱に走って行った。

台所からレナが、ミッコを呼ぶ。

「ハニー、料理をキッチンから運ぶのを手伝って」

ミッコがぼくに笑いかけてから、立ち上がる。一緒に走っていたときよりも、ミッコは明るくなった。家族と常に一緒にいるからだろうか。

手持ちぶさたになったぼくは、携帯電話を取りだした。

ラス・ウィルソンが、今、どのチームで走っているのか調べるつもりだった。

スペルを知るのに、少し時間がかかったが、ようやく彼の名を検索窓に入力する。表示された結果を見て、ぼくは目を疑った。

彼は今年、チーム・ラゾワルと契約していた。

4

その夜はなかなか眠れなかった。

ふいに、眠気の波が押し寄せてきても、それは足下を濡らすだけで無慈悲に引いていく。硬めのマットレスの上で、ぼくは何度も寝返りを打った。

客用のダブルベッドは快適に整えられて、シーツもきちんとプレスされている。適当なベッドメイキングしかしない自分のベッドよりもずっと寝心地がいいのに、どうしても眠ることができない。

レースのカーテン越しに、月が見えた。ぼくはクッションに身体を預けて、小さなためいきをついた。パリの月は、少し気位が高く、こちらを見下しているように思える。

寝付きはいい方だ。身体を動かすせいか、普段ならベッドに入ればすぐに眠れる。グラン・ツールで毎日宿が変わっても気にならない。

昔からそうだっただろうか、と、ぼんやり思う。子供の頃は眠れないなんてことはなかったし、自転車をはじめる前は陸上をやっていた。いつも、疲れ切って、布団の上に倒れ込んでいた。

なのに、このもどかしいような不眠には、どこか懐かしさを感じる。どこかにもうひとりの自分がいて、彼はずっと眠れない夜を過ごしてきたのだろうか。そんな考えさえ浮かんでくる。

本当は、何度かあった眠れない夜のことをただ覚えているだけなのだろう。

ぼくは眠るのをあきらめて、ただ身体をベッドに横たえることにした。自宅ならば、起きて本でも読むのだが、明かりをつけたままにしていれば、ミッコやレナに心配をかけてしまう。

気にかかっているのはメネンコのことだ。彼の行動がわからない。

自分に敵が多いと自覚しているのに、ウィルソンと同じチームで走っている。和解したのかもしれないが、一度、いがみ合った相手を許すことができるのだろうか。

もしくは、味方に引き入れてしまった方が、不安は少ないと考えているのだろうか。だが、和解して、ウィルソンが充分な年俸を受け取ることになったとしても、相手が自分を裏切らないとは限らない。

ぼくならば、一度敵対した相手は信用しない。違うチームでライバルとして戦うのとは、わけが違う。

それともメネンコの方が、ぼくよりも他人を許し、そして信じるのだろうか。たとえそうでも、不思議はない。メネンコのことをぼくは少ししか知らないし、そしてぼくは人から言われるほど、穏やかなわけではない。

メネンコがどうなろうと、伊庭やニコラたちを巻き込まないのならどうでもいいとさえ思っている。ぼくが他人に人当たりよく接するのは、自分の酷薄さに罪悪感を抱いているからかもしれない。

眠れない夜は嫌いだ。気づかなくてもいいことにばかり、気づいてしまう。

翌朝、ぼくは朝食だけごちそうになって、ミッコの家を出発した。

「次に会うのはツールだな」

ミッコはさらりとそう言った。

つまりは次に会うときは、お互い敵同士だということになる。もうとっくに違うチームで走っているのに、そのことに寂しい気持ちを抱いてしまう自分がいやになる。

別れるときにはいつも泣いていたアキだが、今日は泣かなかった。頰を膨らませて、拗ねてはいたが、頰にキスをするとキスを返してくれた。

ミッコとは握手だけで別れる。

「ニコラによろしくな」

ミッコがそんなことを言うのは宣戦布告なのだろうか。

もちろん、こちらも簡単に負けるつもりはない。

「今年のニコラはたぶん強いよ」

ミッコはかすかに口元をほころばせた。

負けるべき時に負けるのも、王者の仕事なのだ。


ツールの一週間前には、ほとんどの国でナショナルチャンピオンを決める選手権が行われる。

それぞれのナショナルチャンピオンジャージをツールでお披露目できるというチャンスではある

のだが、日本も同じ時期なのは、少しやっかいだ。

ヨーロッパならば、時差もせいぜい一時間ほどだし、遠い国でも三、四時間あれば飛べる。だが、日本は違うのだ。七時間の時差と十二時間のフライトを一週間前に経験し、ツールまでに体調を立て直すのは難しい。

だからぼくはこの数年、国内選手権には出場していない。日の丸のジャージを身につけて走ることに魅力を感じないと言えば嘘になるが、それよりも自分の仕事の方が大事だ。アシストとして充分な働きができなければ、エースに迷惑をかけてしまう。

それを考えると、危ない橋は渡れない。

伊庭は、今年も全日本選手権に出場するため、日本に戻っていた。当然だ。伊庭は去年も全日本選手権で優勝している。ディフェンディングチャンピオンが出場しなければ盛り上がらない。

今年、ツールに出場できるかどうかもまだわからないと伊庭は言っていた。思った以上に、メネンコをアシストする体制でメンバーが選出されているらしかった。

だとすれば、調子の良さをアピールする上でも、日本チャンピオンのジャージを手に入れるのは有効だ。

だが、正直、彼が勝てるとは思えなかった。レースの二日前に日本に戻り、しかもチームメイトが一人もいない状態で戦う。体調も環境も最悪なはずだ。

だから、そのニュースが飛び込んできたとき、息を呑んだ。

全日本選手権優勝、伊庭和実。

王者、逆境を制す。

芝居がかってはいるが、状況を的確に表現したジャーナリストの惹句に、ぼくはかすかな苦々しさをかみ殺した。

もちろん、祝いたい気持ちの方が大きいし、縁の薄い日本の若手より、伊庭を応援したい気持ちは強かった。

だが実際に、彼の強さをまざまざと見せつけられると、少しひるむ。

彼は確実に、自分の欲しいものを手に入れていく。ツールの出場にも一歩近づいたはずだ。

そういえばよく考えると、彼と敵として走るのははじめてのことだ。日本で走っていたときはチームメイトだったし、その後、世界選手権で何度か一緒に走ったが、そのときも日本人同士、協力し合っていた。

ライバルだという気持ちは強かったが、スプリンターである彼と実力を競い合うことはない。同じレースで走っていても、スプリンターとクライマーに近いぼくでは、まったく別の競技をしているようなものだ。

伊庭が活躍するようなステージでは、ぼくはただ集団の中で息を潜めるか、ボトル運びに徹するしかないし、反対にぼくが力を発揮できる山岳ステージでは、伊庭はグルペットと呼ばれる、制限時間に遅れないようにゴールするだけの集団に加わることになる。

だが、違うチームで走るからには、彼も敵の一人であることに間違いはない。

たぶん、苦々しさの中には嫉妬も混じっている。

まだヨーロッパに渡って半年ほどで、存在感を発揮し、強さを増していく伊庭という存在に、ぼくは間違いなく嫉妬している。

ぼくが、何年かかけて辿り着いた場所に、彼は一足飛びに駆け上がろうとしている。

わかっている。まだなんの実績もない若手の時にヨーロッパに渡ったぼくと、何度も日本チャンピオンになり、多くのレースを制した今の伊庭とは違う。

それでも自分の居場所や立場が脅かされるような気さえしてしまう。

ぼくは、スマートフォンから目を離して苦笑した。こんなことで、嫉妬を感じるだなんて、あまりにも器が小さい。

急いで伊庭に、お祝いのメールを打つ。

その行為ですら、なぜか疚しさを覆い隠すためのアリバイ作りのように思えてしまう。


多くの国で国内選手権が行われた翌日、チーム・ラゾワルのツール出場者が発表された。エースナンバーをつけているのはメネンコで、ラス・ウィルソンの名前もあった。そして伊庭の名前も。

ヨーロッパのプロチームや、コンチネンタルプロチームで走っている日本人は他にもいるが、今年ツールを走るのは、ふたりになる。

ぼくと、そして伊庭だ。


荷物を抱えて列車を降りると、「ようこそツール・ド・フランス」と書かれた横断幕が目に入った。

何度か訪れたことはあるが、アントワープ中央駅はガラスの屋根で覆われた美しい建物だ。大理石と金色の装飾に彩られ、大聖堂にも劣らない。

こういう美しい建築を目にすると、「またいつか時間のあるときにゆっくり見よう」と思いながら通り過ぎる。その「いつか」はいつまでたってもこない。ぼくは、いつも時間とスケジュールに追われてばかりだ。

オランジュフランセが宿泊するホテルは、アントワープの新市街にあり、駅からは離れている。タクシーで移動する方が楽なのに、タクシーに乗り込んで行き先を告げて、運転手と会話するという手続きを踏むことがおっくうで、ぼくはトラムに乗り込んだ。

タクシー代はチームに請求することができるのに、ひとりのときはこうやって公共交通機関ばかりを使ってしまう。

たぶん、ひとりの人間としてだれかと対峙することには、少しだけ勇気がいる。人混みに混じっていれば、その他大勢でいられる。

アントワープは美しい街だった。ツールの関係者やジャーナリストたちが大勢訪れているからか、人通りも多い。まだチーム・プレゼンテーションまで二日あるが、観戦者もそろそろ集まりはじめているだろう。

トラムを乗り換え、港のそばまで向かう。このあたりまでくると、さすがに観光客も少ない。港には貨物船がいくつも停泊していた。駅の壮麗さとはまた違う港町アントワープの顔だ。

大聖堂の前で、チーム・プレゼンテーションが行われるという話は聞いている。そしてプロローグと呼ばれる短いタイムトライアルがこの街で行われ、翌日からはフランスに向けてベルギーを南下する。

第二ステージには、パリ―ルーベというクラシックレースで使用する、過酷な石畳コースまでもが組み込まれている。

それを思うと、ぞっとする一方で、どこか滑稽にも感じる。

怪我人が出る可能性もあるような過酷なコースを、無理矢理のように組み込む主催者、それを楽しむ観客、選手の中でもうんざりして、無事に切り抜けることを祈る者も多いが、石畳を得意とする選手はそれをチャンスと考える。

ぼくも決して好きではない。だが、できれば避けたいと思うのとは逆に、決して苦手なわけではない。パリ―ルーベには三回出場して、二回は完走した。半分以上が脱落するレースだから、ぼくくらいの選手にすれば上出来だ。

悪天候も舗装されていない悪路も、好きだと思ったことは一度もないのに、好成績をあげるのはだいたいそういうコースだ。

得意なのだろうと言われることも多くなったが、ダメージを受けるのは同じだ。少しだけ、それを堪え忍ぶことができるというだけだ。

だから、苦手意識はない。ただ面倒なだけだ。

ホテルにチェックインして、スタッフから部屋のキーをもらう。ニコラはもう到着しているようだった。

ロビーでは、チームメイトのマルティンがソファに腰掛けていた。同い年のフランス人選手で、人懐っこく、話しやすい。ニコラとも仲がいいようだ。

近づいていくと、彼は挨拶より先に言った。

「さっき、メネンコを見かけた。やはりオーラが違うな」

ぼくもソファに腰を下ろした。

「さっき？」

「ああ、ホテルが同じらしい」

驚いた。資金が潤沢にあるように見えるラゾワルが、こんなごく普通のホテルに泊まるのか。

「アントワープには高級ホテルがいくつもあるのに」

「ラゾワルがプロチームのライセンスを取ったのはぎりぎりだったから、手配が間に合わなかったんじゃないか？」

たしかにその可能性はある。ほとんどのチームは、コースが発表になると急いでホテルを手配する。出遅れれば、快適な場所は埋まっている。

「ジャーナリストが押し寄せるな」

それを考えると少し面倒だ。

「ニコラは気にしないさ」

マルティンはさらりと言った。たぶんそれは正しい。ニコラは話せるときは愛想良くなんでも話すし、疲れているときは無理をせずに断る。断るときは、そっけない態度なのに、ニコラはジャーナリストやフォトグラファーたちの受けがいい。

時間があるときにはきちんと話すということがわかっているせいだろうか。

伊庭も同じホテルなのだろうか。あとでメールでもしてみよう。

マルティンが携帯電話を弄りはじめたので、ソファから立ち上がる。エレベーターの方に向かうと、中庭からジェレミー・イェンがロビーに入ってきた。

「やあ、チカ」

彼は香港出身の若いプロ選手だ。同じチームで走ったことはないが、東アジア人は少ないから、自然と仲良くなった。

まるで俳優のようなハンサムだから、ヨーロッパだけでなく日本にもファンは多い。

彼は今、チーム・ラゾワルで走っている。

「ラゾワルもこのホテルなんだね」

「ああ、昨日から泊まっているが、清潔でいいホテルだ」

「伊庭も泊まっている？」

「ああ、彼はきみの友達かい？」

そうだ、と答えると、イェンは意味深に笑った。

「彼は、メネンコのお気に入りだよ」

少し驚いた。だが、先月、伊庭の自宅まで訪れているのだから不思議はない。伊庭は決して従順とは言えない男だが、そこも含めて気に入ったのだろうか。

メネンコがぼくを信用すると言った理由——日本人で、そしてメネンコが現役だったときにはヨーロッパで走っていなかった——は、伊庭にも当てはまる。

それだけではなく、伊庭と彼と、なにかが共鳴したのだろうか。

アルギの警告のことは少し気にかかっている。アルギはああ言ったが、伊庭が直接知っている相手のことを、よく知らないぼくがいろいろ言いたくない。メールでもすべきかと思ったが、なんとなく告げ口めいていて、気が進まなかった。会ったときに雑談のようにして話せればよかったのだが、その機会がないまま、ツールがもうすぐはじまる。

伊庭がメネンコと仲良くなったのなら、なおさら言いにくい。

ラゾワルのチームスタッフが通りがかって、イェンに声をかける。

「じゃあ、お互い頑張ろう」

イェンもぼくとタイプの似たルーラーだ。この先、一緒に逃げることもあるかもしれない。

部屋に行くと、ニコラはすでに、荷物を広げていた。

椅子の上やベッドの上にも彼の荷物が散乱していて、もう二週間も泊まっているように見える。

「やあ、チカ。今ついたのかい？」

「さっきね」

このホテルに泊まるのはたった四泊だから、ぼくは荷物は広げない。皺になって困るようなものがあればクローゼットに出すが、あとはキャリーバッグに入れたままだ。携帯電話の充電器やパソコンだけを机の上に出す。

ニコラは窓際のベッドにごろりと横になっている。視線を感じて、彼の方を向くと「調子はどう？」と聞かれた。

「悪くないよ」

そう、悪くない。だが、今の段階ではそれで充分だ。ツール・ド・フランスは三週間、その中でもぼくの出番である山岳コースは、二週目三週目に集中している。はじまる前から絶好調ならば、後は落ちていくだけだ。走りながら、体調をピークまで持っていくのだ。

ニコラの表情は少し固い。たぶん神経質になっているのだろう。

散らかったニコラの服をよけて、ぼくはソファに腰を下ろした。

「ニコラは？　調子はどうだい？」

「まあまあだよ。でもよかろうと悪かろうとできる限りやるしかない」

それは正しい。調子のいいときだけ走ることはできないし、レースの開催日も選べるわけではない。

準備はするが、その結果が思ったほどではなくても、やるべきことをやるしかないのだ。

数年前のニコラだったら、こんなことは言わなかっただろう。そう考えてから気づく。あのころのニコラだって、無邪気に見えても鬱屈は抱えていた。だが、それよりも希望の方が大きかったから、あれほど明るく見えたのか。

今のニコラには、不安が透けて見える。

ぼくの気持ちを感じ取ったのか、ニコラは苦笑いをした。

「昔はよかったよ。勝てるとも思わなかったし、だから勝てないことも不安じゃなかった。ただ全力でゴールに向かうだけだった」

今は勝つことを期待されている。勝たなければスタッフもアシストも失望させる。スポンサーが離れてしまえば、チーム存続さえ難しくなる。

エースが背負わなくてはならない責任だ。

「またなにも考えずに走ればいいのに」

ニコラは独り言のようにつぶやいた。

「なにも考えずに走ればいい」

自然に口から出たことばだった。ニコラは驚いたようにこちらを見た。

「結局走らなければならないのは同じだろう。勝ちたいと思ったから勝てるわけじゃない。なら、昔と同じようにゴールに飛び込めばいい」

スポンサーだって、スタッフだってアシストだって、勝ちたいと思って勝てるわけではないことは理解しているはずだ。

決まった人間が勝つのならば、勝負でもスポーツでもない。失望するのは、個人の勝手だ。

ニコラはほんのわずかだけ、口角をあげた。

「チカ、きみは怖いことを言うね」

「そうかな」

本当は、ニコラが「怖い」と言った意味はわかっている。ぼく自身、誰の期待も関係ないと言い切れるほどの強さは持っていない。

それでも背負うのが不安ならば、見ないふりをして走り続けるほかはない。

「ニコラが、プレッシャーを感じず、リラックスして走れるようにするのが、ぼくたちアシストやスタッフたちの役目だよ」

見ないふりで走り続けている間に、いつのまにか背負えるようになるかもしれない。

「どっちにせよ、ツールは三日後にはじまるよ」

そう言うと、ニコラは唇を引き結んで頷いた。

恐怖よりも速く走れば、恐怖を感じなくて済むかもしれない。


翌日の早朝、タイムトライアルの試走をした。七キロという短いコースだから時間はかからない。コースの確認をする程度だ。

大聖堂のそばをスタートし、川沿いを走って港まで行く。普段の練習よりも短いコースだから、ウォーミングアップのようなものだ。

午後からニコラはマスコミ向けの記者会見に出るという話だった。雑誌や新聞の取材も殺到しているはずだ。ぼくも、日本からきた里中幸太というジャーナリストのインタビューを受けることになっていた。

ジャーナリストとはいっても、サイクルロードレースを長年取材している人間でお互いよく知っているし、個人的に会うこともある。友達のようなものだから、気分は楽だ。

その前に、ホテルの部屋でシャワーを浴びるつもりだが、時間はまだ充分ある。メールのチェックをして、あとはカフェでエスプレッソを飲んでもいいかもしれない。

ホテルまで帰ってくると、ニコラはさっそく地元の記者に捕まってしまった。それを横目で見ながら、ロビーに入る。

ロビーに置かれた新聞を選んでいると、近くのソファから女性がひとり立ち上がるのが見えた。豊かな黒髪と、少し浅黒い肌。モノトーンのワンピースは大きく胸元に切り込みがあり、量感のある胸がそこからのぞいていた。

たぶん、スペイン人かイタリア人か。夜のバーでは、あちこちから口笛やウインクが降ってきそうな女性だった。

彼女はまっすぐにこっちに向かって歩いてきた。知り合いではない。こんな美人ならばどこかで会えば忘れない。サイクルロードレースのファンなのだろうか。

彼女はウインクをして、ぼくの横をすり抜けた。驚いて振り返ると、そこにアルギがいた。

「アントニオ」

美女はアルギと抱き合った。ほっとしたような残念なような微妙な気持ちになる。

彼女はアルギよりも背が高い。百七十以上はあるだろう。

アルギと美女は背中に手を回したまま、ぼくの方を向いた。美女がぼくに向かって手を振る。

彼女が、先ほどからぼくに向けてなにか親しげな様子を見せるのはなぜだろう。アルギのパートナーではないのだろうか。

「チカ」

アルギがぼくを呼んだ。

「紹介しよう。俺の妹のヒルダだ」

「こんにちは、白石さん」

驚いたのは、彼女の口から漏れたのが流暢な日本語だったからだ。

スペイン人そのもののような美女の口からきれいな日本語が聞こえてくるのは、まるで吹き替え映画のような違和感だ。

日本語かスペイン語か、どちらで話していいのか迷いながら、とりあえずはスペイン語で答えた。

「日本語が上手いね」

「日本文学を大学院で研究しているの。東京に一年間留学していたわ」

彼女が手をさしのべてきたので握手をする。

「日本人の選手と一緒だと言ったら紹介してくれって言われてさ」

「それはどうも」

日本に興味のある人ならば、日本語で話した方がいいかもしれない。

「白石誓です。白石でもチカでも好きなように呼んでくれれば」

「白石さんはフランスは長いの？」

「スペイン、フランス、ポルトガル、そしてまたフランスだよ。トータルでは一年半くらいかな。スペインに二年、ポルトガルに二年いた。ヒルダさんは、いつ頃東京にいたの？」

「去年よ。今年帰ってきたの」

「日本文学の研究というのは、どういう作家を？」

「近松門左衛門よ。心中に興味があるの」

驚いて目を見開いたぼくに、彼女はまたウインクをした。

「嘘よ。冗談」

日本語で、ラテン女性のコケティッシュな振る舞いをされると混乱しそうになる。東京でもこんな調子だったならば、さぞまわりの男性たちの心をかき乱しただろう。

「でも近松の研究をしているのは本当よ。心理描写が素晴らしいわ」

なんだか日本のことを褒められたようで、誇らしい気分になりそうだが、近松門左衛門はぼくの身内でもなんでもないし、彼が素晴らしい作品を書いたことはぼくの手柄ではない。

ぼくときたら、「曽根崎心中」というタイトルくらいしか知らないで生きている。彼女の方が何倍もくわしいだろう。

日本語での会話を聞いているのが退屈だったのだろう。アルギはぼくの肩を叩いた。

「じゃあ、俺は行くよ。また夕方にな」

夕方からはチームでミーティングをすることになっている。

エレベーターに乗り込むアルギを見送りながら、ヒルダは小さくつぶやいた。

「アントニオが元気になってよかったわ」

どきりとした。ぼくは平静を装いながら尋ねる。

「元気になったって、なにかあったのかい？」

「ええ、少しね」

さらりと流された。まだ会ったばかりなのに、これ以上追及することも不自然だ。

ぼくの心に不穏な考えが浮かぶ。

ヒルダと仲良くなれば、アルギのことももっと深く知ることができる。もちろん、無理に聞き出すようなことはしないが、身内でなければわからないことはあるはずだ。

ヒルダは時計をちらりと見た。

「もう十二時ね。白石さん、ランチの予定は？　よかったら一緒にいかが？」

普段なら、女性からのこんな積極的すぎる誘いには、戸惑いを感じてしまうのに、ぼくは素直に頷いた。

「時間はあるよ。なにが食べたい？」


運河沿いのカフェに入って、サラダを注文する。チーズとベーコン入りのハンバーガーを頼んだヒルダはくすりと笑った。

「白石さんも兄と一緒ね」

「山岳ステージを前に体重は増やせないからね」

毎日の食事も、栄養士に完全に管理されている。食事は楽しみではなく、義務だ。

「好きなものを好きなように食べることなんかある？」

「シーズンオフはそうやって過ごすよ。食べたいものを食べる」

「アントニオは休暇でも、やはり節制しているわ。脂肪が落ちにくい体質だから、増やさないようにするんだって」

その気持ちはわかる。ぼくも次のシーズンのことを考えると、本当に好きなようにとは言えない。どうしてもセーブしてしまう。

それでも、管理されたメニューしか食べられないシーズン中よりはずっと自由だ。

しばらくは他愛のない会話をした。

ヒルダが留学していたのは、日本人なら誰でも知ってるような名門大学だった。スペインの大学にはくわしくないが、今行っているところも有名な大学なのだろう。

留学している間は、京都や九州など日本中を旅したと言っていた。

「本当は、日本で彼氏を見つけてくるつもりだったのに、失敗したわ」

彼女はそう言っていたずらっぽくぼくを見た。

「きみだったら、いくらでも選べそうなのに」

「駄目。日本じゃぜんぜんモテなかったのよ。あんなにモテなかったのは、幼稚園のときくらいよ」

「それは、スペインにいたときとくらべて、ってことだろう」

そう言うと、彼女はふふん、と笑った。

「まあ、そうね」

それはわからなくもない。

こういう野性的な美人は、日本人男性の好みではない。外国人女性でも、幼い顔立ちだったり、清楚なタイプならともかく、彼女のようなタイプには尻込みしてしまう男が多いだろう。しかもインテリだからなおさらだ。

スペインでは猛烈にアプローチされるだろうから、落差は感じるはずだ。

「同じホテルに、友達の日本人選手が泊まっているよ。彼にも紹介しようか」

そう言うと、ヒルダは何度かまばたきした。

まっすぐにこちらに向けられていた感情が、少しよじれた気がした。

「どうかした？」

「もうひとりの日本人選手って、チーム・ラゾワルにいる人でしょう？」

「伊庭を知っている？」

「知らないわ。顔も見たことないし、会ったこともない」

レモネードを一口飲んで、彼女は言った。

「でも、ドミトリー・メネンコは大嫌い。彼を引っ張り出すようなチームも嫌いよ」

ぼくは息を呑んだ。

「なにか理由があるのかい？」

「理由なんかいる？　彼は嘘つきで卑怯者だわ」

「それはドーピングをしていたから？」

彼女が一瞬、返事に困った気がした。だが、次の瞬間はっきりと答える。

「そうよ」

一瞬、見えた躊躇は、ぼくの思い過ごしだろうか。ヒルダは肩をすくめた。

「ごめんなさい。伊庭さんのことは嫌いでもなんでもないし、ラゾワルでなければ紹介してもらえるとうれしいんだけど、今はやめておくわ。メネンコのチームメイトだと思うと、失礼なことを言ってしまいそう」

アルギとメネンコの間にある確執を彼女は知っているのだろうか。それとも口で言う通り、ドーピングをしていたから嫌っているだけなのか。

会ったばかりなのに、それ以上問い詰めるのも難しい。

なにより、問い詰めてみても、きっとうまくはぐらかされてしまうだろう。


ヒルダと別れてから、ホテルでジャーナリストの里中と会った。

彼は、グラン・ツールの間は常に選手たちを追って行動している。大きなレースに出るときは、かならずぼくの話を聞きにきてくれる。

インタビューを受けるのは、もう何度目かわからない。サイクルロードレース界の事情にも詳しいし、的外れな質問などをすることはない。普段は、彼との会話で苛立つようなことはほとんどないのに、今日はなぜか、細い針で皮膚の柔らかい部分を突かれているような気がした。

彼が尋ねてくるのは、ぼくのことやニコラのことではなく、伊庭とメネンコのことばかりだ。

メネンコの復活についてどう思うか。メネンコは勝てると思うか。そして、伊庭は日本人初のツールでのステージ優勝をあげられるのか。

わかっている。メネンコのことはニュースとして、興味を持つ人が多い。まったく触れないわけにはいかないし、選手たちの間でどういう存在なのか知りたいはずだ。

伊庭のことだってそうだ。ぼくと伊庭は同い年で、しかもかつてのチームメイトだった。敵対しているわけではなく、むしろ友人であると業界にいる人間は認識しているだろう。

たしかにドラマとしてはおもしろいだろう。

同い年のチームメイトが道を分かち、ひとりはヨーロッパで、ひとりは日本で走ることを選ぶ。

そして年月が経ち、再び同じレースを走ろうとする。

だが、伊庭にはステージ優勝が期待されていて、ぼくには期待されていないことを思い知らされる。

伊庭はイタリアのチームに入ってからも、ガツガツと優勝を狙いに行き、しかも結果を出してきた。そのアグレッシブな走りを期待されて、チーム・ラゾワルに加入することになったのは間違いない。

メネンコのための体制が敷かれたラゾワルでは、スプリンターは伊庭ひとりだ。彼のためのアシストはひとりもいないが、少なくとも彼は、自分のために走ることが容認されている。

ぼくは違う。ぼくの役目はニコラのアシストだ。ヨーロッパにきてから、ずっとアシストとして走ってきたぼくに、日本人たちはツールのステージ優勝など期待していない。

それは自分の選択の結果なのに、ぼくは苛立ちを感じずにはいられない。

ひどく疲れるインタビューが終わり、ぼくは席を立った。

里中は、一眼レフをカメラバッグにしまいながら、ぼくに笑いかけた。

「ニコラが優勝することを祈っていますよ」

そのことばには、お世辞や社交辞令の気配はなかった。ようやく気持ちがおさまって、ぼくは息を吐いた。

ファンはメネンコが出ることに注目し、それを楽しんでいるが、実際に応援している人が多いのはニコラ・ラフォンだ。ありふれた構図に押し込めれば、メネンコという悪役を、ニコラという好感の持てる選手が倒すところを見たいと思っている人たちがいる。

もっとも、ニコラがその手垢のついた物語を喜ぶかどうかは、また別の問題だ。

たとえ、いい役回りでも、わかりやすい物語に無理矢理当てはめられるのは、いい気持ちではない。

それでも、里中に悪意がないことはよくわかっている。なによりニコラを応援してくれることはうれしい。

「全力を尽くします。最後のツールになるかもしれませんから」

ぼくがそう言うと、里中は驚いたような顔になった。

「引退するかもしれないと？」

ぼくはあわてて否定した。

「まさか。まだ走りますよ。走れる限りは」

だが、ツールにこの先も出られるかどうかは、ぼくの意志だけの問題ではない。引退はできるだけ先延ばしにしたいと思っているが、三十一歳、三十二歳で活躍できない選手が、三十五歳で活躍できるようになるとは思えない。

つまり、ぼくの選手としてのピークはすでにきている。この先はなるべく体力が落ちていく速度を緩やかにして、なおかつ経験で、体力の穴を埋めなくてはならない。

今年活躍できれば、あと何回かグラン・ツールに出られるかもしれない。だが、今年結果を出せなければ、これが最後になる確率は高い。

薄々気づいていたことだった。だが、ことばに出したことで、心の奥に押し込めていた危機感が、はっきりと立ち上がってきた。

ぼくは決意をことばにした。

「今年のツールにすべてを賭けます」

5

金曜日、午後になってホテルを出ると、目に痛いほどの日差しが飛び込んできた。思わず手で額を覆う。普通の人よりは、屋外で活動する時間が多い職業のはずなのに、ときどき太陽のことを忌々しく感じることがある。

七月の日差しはなおさらだ。

湿度のせいか、九月半ばまでだらだらと暑さが続く日本とは違い、ヨーロッパは八月も半ばを過ぎれば、秋の気配が漂いはじめる。夏は短い。あっという間に走り抜けてしまう。

だから、多くの人々は少しでも太陽を浴びようと、テラス席に腰掛け、ビーチに寝そべるが、ヨーロッパにきて五年が経っても、ぼくはいまだに彼らのような気分にはなれない。

外で走る時間が長いから、毎年、ジャージの跡がくっきりつくほど焼ける。日焼け止めを塗っても、肌には日焼けによるシミがいくつもできている。皮膚癌のリスクもあるから、少し不安を感じるのも理由のひとつだ。

そういえば、中東の方では、月こそが安らぎのシンボルであり、太陽は無慈悲でまがまがしい存在だと言われていると聞いたことがある。夏になれば砂漠は四十度や五十度になるのだから、暑さで死ぬ人間だって多かっただろう。

だが、ぼくが太陽に忌々しさを感じるのは、そんな理由とは関係ない。ただ、その明るさや屈託のなさに、戸惑いを感じるだけだ。

その太陽の下を走るのが、まさにぼくの仕事だ。

今日の夕方、チーム・プレゼンテーションがある。とうとうツール・ド・フランスがはじまるのだ。


チーム・プレゼンテーションは、グラン・ツールの前日、もしくは前々日に行われる。文字通り、チームの顔見せだ。

巨大な特設ステージが作られて、プレスだけではなく、大勢のファンも押し寄せる。レースによっては、チームや選手の紹介だけではなく、ミュージシャンの演奏や、サーカスなどのアトラクションまでもが行われる。

毎日のスタート地点にも、ステージが設けられ、ステージ上で出走サインをしたり、インタビューを受けたりという晴れがましい機会はあるが、このチーム・プレゼンテーションの華やかさにはかなわない。

ひとりひとりの選手の来歴や勝歴が、解説者によって語られ、盛大な拍手が送られる。

人前に立つことは好きではないから、緊張はする。だが、誰にでも与えられる機会ではない。たとえ、飲みつけなくとも、高いとわかっているシャンパンはおいしいはずだ。ぼくはシャンパンを一気飲みするような気持ちで、その拍手を受ける。

控えのスペースと舞台はスロープになっていて、選手たちは自転車で舞台に上がる。二十チーム、百八十人が順番に舞台に出るのだから、全員が舞台の袖で待機するわけにはいかない。チームごとに、時間をずらして、舞台袖に集まることになっている。

揃いのオレンジのジャージを身につけ、控えのスペースに行くと、そこには黒と紫のツートンカラーのジャージを着た集団がいた。

チーム・ラゾワルだ。

どうやら、オランジュフランセの前に、ラゾワルが登壇するらしい。

九人の集団でいても、メネンコの姿はすぐに目に入った。まるで発光でもしているかのようだ。自然に目が引き寄せられる。

次に目についたのが、ラス・ウィルソンだ。鷲鼻と大きな目ですぐにわかる。

彼は、メネンコの隣にぴったりと寄り添っていた。確執はもう解消されたのだろうか。

イェンがこちらに手を振るから、ぼくも手を振り返す。

伊庭はどこにいるのだろう、と思ったが、チームから少し離れたところにいた。ひとりだけ白い日本チャンピオンジャージを身につけているから、気づかなかった。

黒いジャージの中に混じる、ひとりだけ白いジャージ。なんかそんな童話があったような気がする。

ぼんやり考えていると、ちょうど顔を上げた伊庭と目が合った。

ぼくは彼のそばに近づいて言った。

「全日本優勝おめでとう」

「出なかった奴に祝われてもうれしくねえよ。余裕こきやがって」

そう言いながらも、口元は少しうれしげだ。

余裕と言われれば余裕かもしれない。ぼくはツールに出場することが決まっていたから出場しなかった。伊庭はチャンスをつかむため、過酷なスケジュールで日本に帰った。

もし、ツールに出場できるかどうかわからなければ、ぼくだって日本に帰っただろう。

「みんな、伊庭が日本人初のステージ優勝を上げることを期待しているよ」

そう言うと、伊庭は小さく舌打ちをした。

「みんなって誰だよ」

「ジャーナリストや日本のファンたちがだよ」

「みんな他人事だ。俺よりも有力な選手がいたら、そいつに期待するさ」

渦中にいるからこそ、そんなふうに考えられるのだろう。そう思えば、その皮肉っぽさも少しうらやましい。

舞台からは選手の名前を呼ぶ声と、盛大な拍手が聞こえてくる。伊庭が一瞬息を詰めた。

ああ、緊張しているのだ、と、はじめて気づいた。はじめてのグラン・ツールのチーム・プレゼンテーションを前に、彼は少し固くなっている。それとも武者震いか。

あまり緊張しているところなど見ないから、少し微笑ましいと思う。

ぼくの表情に気づいたのだろう。伊庭が忌々しげに言った。

「余裕ぶっこきやがって」

「まあね、少しは慣れてるよ」

チーム・ラゾワルの出番が近づいてくる。ぼくは伊庭から離れた。一瞬だけ、メネンコと目が合った。

彼はまったく表情を変えずに、視線をそらした。ぼくも、ニコラたちのところに戻る。

どうでもいい他チームのアシスト選手を見る目としては完璧だ。そんなことを考えてしまう。

ラゾワルの選手が舞台に上がると、これまでよりもひときわ大きな拍手と歓声が上がった。

これまで紹介されたのは、コンチネンタルプロチームで、スター選手は上位カテゴリであるプロチームよりも少ない。

ドミトリー・メネンコはその中では、飛び抜けた知名度と勝歴を誇る。スキャンダルを差し引いても、人気はあるだろう。もしかすると、話題性だけならどんな選手より大きいかもしれない。

だが、歓声だけではない。上げられる声の中にはあきらかにブーイングや怒声も混じっている。

これまでのチーム・プレゼンテーションでは、聞いたことのない声だった。

そういえば、メネンコがロードレースファンの前に直接姿を見せるのは、スキャンダル以来、はじめてのことだ。微妙な空気を感じているのか、ラゾワルの選手たちも顔をこわばらせている。

メネンコはその中でただひとり、笑顔だった。歓声しか聞こえないかのように声をあげる。

メネンコの勝歴はひとつも語られない。すべて剝奪されて公式のものではないのだ。MCはうまくごまかしながら、スター選手の復活という文脈で紹介を続けていく。

美辞麗句で薄めながら紹介をすませたMCが、メネンコにマイクを向けた。

「どう？　総合優勝を狙っている？」

まさかそんなことはないだろう、とでも言いたげな口調だった。メネンコは軽く肩をすくめた。

「全部取り上げられたからね。ひとつくらいは取り戻さないと」

うまいタイミングでの返答に、会場はどっと沸いた。

ぼくは笑えない。隣にいるニコラも笑っていなかった。険しい顔でモニターを凝視している。

だが、怒声やブーイングは減っている。メネンコは感じのいい笑顔と振る舞いで、観客を味方につけつつある。

イェンや、ウィルソンや、ほかの選手の名前が呼ばれた後、最後に伊庭の名前が呼ばれた。拍手は他の選手たちより、ずっと少ない。彼は、手を上げて少しだけ口元を緩めた。伊庭の名を知る人はベルギーにはあまりいないはずだ。だが、全日本チャンピオンのジャージは強い印象を残す。

ぼくもかつて同じジャージを着て走ったことがあるから知っている。名前や顔を知らなくても、そのジャージを着て走るだけで、ぼくが日本人で、そしてそれなりに力があるのだということがわかる。

自分がひどく、伊庭のことを意識していることに気がつく。

これまで侮っていたつもりはない。彼は強い選手だ。その闘志と揺るぎなさを、尊敬していると言っていい。だがたぶん、単身、ヨーロッパに渡って走っていることがぼくの誇りで、それさえも奪われそうなことに、動揺しているのだ。

ぼくは苦笑した。ライバルなのは伊庭だけではない。すべての選手がそうで、伊庭のことだけを意識するのは理屈に合わない。

チームメイトでさえ、契約に関してはライバルとなる。協力し合うのはレースの間だけだ。

呼吸を整えて、その感情を頭の隅に追いやる。完全に追い出すのは難しい。ただ、ツールが終わるまで押さえ込めればいい。

もし、このツールで伊庭が勝てなければ、この焦燥感も消えるだろうし、勝てば素直に負けを認めればいい。

負けてしまえば、それはそれで気楽だ。負けることには慣れている。

思えば、自転車ロードレースという競技は独特だ。チームで戦うのに、記録に残るのは総合優勝の個人名だけなのだ。

今、チーム・プレゼンテーションに出る百八十人の中で総合優勝はたったひとり。総合優勝の選手を出したチームは、勝利の美酒に酔いしれても、アシストだった選手たちは忘れ去られる。昔のアシスト選手の名前など、強い関心を持って調べないとわからないだろう。

総合二位になっても、その成績に満足する者はいないだろう。「よくやった」と結果に納得することはあっても、もう少しで優勝に手が届いたのにと思うはずだ。

勝てる確率はひどく少ない。そしてはじめから、総合優勝など考えもしない選手がたくさんいる。ぼくだってそのひとりで、伊庭だってそうだ。

スプリンターはそもそも総合成績など意識しない。山岳ステージで上位に入れるスプリンターは珍しい。スプリンターとクライマーは、もともとの才能も、トレーニングの仕方もまるで違う。

スプリンターの目標は、全部で十ステージほどある、平坦ステージで勝つことだ。伊庭のような単騎のスプリンターなら一勝できれば上出来だし、スプリンターのエースを抱えたチームならば、何勝かすることを目指すだろう。

だが、総合優勝は目指さない。

つまり、ぼくたちは負けることに慣れている。負けは日常で、そんなことに気持ちをかき乱されてばかりいられない。

また次の週にもレースはある。その次の週にも。

「チカ」

ジュリアンに声をかけられて、オランジュフランセの番がきたことに気づく。

ニコラを先頭に自転車でスロープを走り、舞台に並ぶ。大聖堂前の広場は、人で埋め尽くされていた。

血が沸くような気がした。観客たちの顔がはっきりと見える。ヨーロッパの人々だけではない。日本人や他のアジア人らしき人たちもいる。日本の旗を振っている人もいる。

ニコラ・ラフォンの名前が呼ばれ、ニコラが手を上げると、観客たちは笑顔で手を振り返す。

歓声はメネンコよりも少ないが、ブーイングなどは混じっていない。

だが、去年や一昨年はもっと注目を浴びていたし、声援も大きかった。最初にニコラがツールを走ったときの衝撃は薄れはじめている。

ファンの気持ちが変わるのは早い。勝てない選手からはすぐに離れていく。

ここがフランスならば、ニコラへの声援はもっと大きかっただろう。フランス人の総合優勝は、もう十年以上途絶えている。ニコラはいまだに、フランス人の希望の星だ。

ニコラは満面の笑みでぶんぶんと手を振る。

父親に抱かれている小さな子供が、ニコラに手を振っているのを見て、やっとぼくの緊張も解けてきた。

紹介が進み、ぼくの名前が呼ばれた。大きな歓声が上がるのは、日本人のグループだ。ぼくはそちらに向かって微笑んでみせた。

金、黒、茶、赤。いろんな髪の色が揺れて、どこか別世界の波のようだ。晴れがましいが、夢を見ているようで実感はない。やっと引き寄せたかと思うと、すぐに遠ざかっていく。

来年ここに立てるかどうかわからないし、立てない可能性の方が高い。

だから、ぼくは目を細めて、この景色を記憶に焼き付ける。

一生、この鮮やかさのまま刻んでおきたいと祈りながら。


チーム・プレゼンテーションの後、ホテルに帰ると、廊下でマッサーのアンリエッタと出会った。

スタッフは男性が多数だが、彼女は腕がよく、ニコラのお気に入りだった。ぼくもよく施術してもらうが、それほど力は強くないのに、身体が軽くなる。看護師の資格も持っているから、いざというときは医療スタッフとしても働ける。

オフシーズンは、ポルトガルのマデイラ諸島で過ごすらしく、いつも健康的に日焼けしている。髪も男性のように、短く切っている。

「ハイ、チカ。調子はどう？」

「まあ、悪くないよ」

ぼくはいまだに、こういう問いに「最高だ」と答えるのが苦手だ。

アンリエッタは続けて尋ねた。

「人生楽しんでる？」

“La vie est belle?” という、あまりにもロマンティックな問いに笑ってしまう。

「それなりにはね」

そう言うと、アンリエッタは不満そうな顔になった。

「昨日、すごい美人と一緒に食事をしていたじゃない」

ヒルダのことだろう。

「アントニオの妹だよ。昨日紹介してもらっただけだ」

もちろん、一緒に過ごして楽しかったし、携帯番号も聞かれたが、この後なにかが進展するような気もしない。

チームメイトの妹だと思うと、少し気後れしてしまうし、彼女ならぼくなんかに興味を持たずとも、いくらでも相手が見つかるだろう。スター選手にアプローチされることだってあるかもしれない。

もっとも、ニコラの好きなタイプでないことは知っている。

アンリエッタは、妙な顔をした。

「彼女が？　アントニオの妹？」

まるで思いもかけないことを言われたような表情だ。似ていないからだろうか。だが、似ていない兄妹なんていくらでもいる。

「でも、彼女は……」

なにかを言いかけたが、すぐに口をつぐむ。

「どうかしたの？」

「いいえ、なんでもないわ。告げ口のようなことはしたくないから」

「告げ口？」

アンリエッタは、肩をすくめて足早に立ち去った。

アンリエッタは、ヒルダのことを知っているのだろうか。知っているとしても、あまりよい情報ではなさそうだ。

追い掛けて聞くのも憚られて、ぼくは自室に戻った。嫌な話ならば、ぼくもあえて聞きたくはない。


プロローグは土曜日の夕方からはじまる。アントワープ市内を走る、たった七キロのタイムトライアルだ。

ぼくを含む多くの選手にとっては、普段のトレーニングよりも気楽で、簡単なコースである。落車が起きるような難所もない。

このコースで全力を出すのは、タイムトライアルのスペシャリストたちだ。プロローグで勝利を収めれば、栄光のマイヨ・ジョーヌ――総合トップの者だけが着られる黄色いジャージを着ることができる。七キロでの勝利といえども、勝利は勝利だ。

多くの選手が望んでも得られないものを、手に入れられるチャンスなのだ。

あとは、総合で一秒も後れを取りたくない選手たち。ニコラもこれに当たる。

ニコラはもともと、タイムトライアルが得意な方ではない。タイムトライアルでの遅れを山岳で取り戻すのが彼の戦法だが、大きく遅れてしまえば、それだけでダメージを受ける。

コースが短いから、普通に走っていればそこまでは遅れないはずだが、落車でもしてしまえば取り戻すこともできない。緊張はするはずだ。

ニコラは朝から、あまり機嫌がよくなかった。誰かに当たったり、愚痴を言うわけではないがそれでもわかる。

風よけのウインドブレーカーが投げ出すように椅子の背にかけられていたり、ミネラルウォーターのボトルが潰されていたり、そんなところから、ぼくはエースの機嫌や体調を推測する。

無口なミッコと一緒に過ごすうちに、身についた習慣だった。

ニコラは少し疲れているように見える。取材が多いせいかもしれない。メネンコの復活のせいで、普段はツールに興味を持たないゴシップ誌までが、メディアパスを持ち我が物顔で歩いている。

ぼくは、メネンコとの約束を思い出した。これ以上のもめ事はたくさんだ。

アルギには変化はない。彼は、機嫌良くチームメイトたちと接している。彼とメネンコが接触するとすれば、レースの最中だろう。

同じホテルに泊まってはいても、今はチーム・ラゾワルと接触するチャンスはほとんどない。メネンコにはセキュリティサービスがついているという噂も聞く。

プロローグの出走順は、主催者側によって決められる。

同じチームの出走が続くと、そこで協力する可能性があるから、同じチームの選手は続かないようにし、人気の選手は、後半に持ってくる。ラスト十人は、去年の総合成績の順位順になっている。

ニコラは後ろから九番目、ミッコは三番目、最後に走るのは、去年の優勝者であるスペイン人のハビエル・レイナだ。

ぼくは前から四十八番目で、早めの出走になる。まあ、早く終わるのは気が楽だ。

支度をして、窓の外をうかがうと、いつの間にか小雨が降ってきた。

なぜか、それがなにかの予兆のように思えて、ぼくは険しい顔で空を見上げた。


小雨の中を走るのは、別に嫌いじゃない。夏ならば、身体の表面の熱を冷ましてくれるし、七キロくらいならば、あっという間に終わるから身体も冷えない。

一年のうち、三百六十五日とまでは言わないが、三百日くらいは自転車に乗る。大雨の日もあるし、鉄板の上で炙《あぶ》られるような暑い日もある。小雨など、不快とさえも思わない。

だが、雨の降り始めと、上がった後には注意しなければならない。

一度濡れてしまえばそうでもないが、濡れはじめた道路はよく滑る。そして乾きかけの道路も。

注意深く走らなければ、スリップして落車する。

プロローグから怪我をするなんてことは、なんとしても避けたい。

チームバスの中で準備をして、タイムトライアル用のバイクにまたがり、スタート台の後方にあるテントに向かう。中では、タイムトライアルのスペシャリストたちが熱心にローラーを漕いで準備運動をしている。

その中には、ラゾワルのジャージを着たウィルソンもいた。そういえば、彼はタイムトライアルが得意だった。

ぼくはローラー台には乗らない。自転車を持ったまま、出走時間を待つ。

視線を感じて振り返ると、ウィルソンと目が合った。

「コルホネンのアシストだったな」

そう言われたから、頷く。どうやら、ぼくとミッコは多くの選手にとってはワンセットらしい。

「今は違うけどね」

「コルホネンはかなり仕上げてきてるな」

「メネンコのライバルになりそうかい？」

そう尋ねると、ウィルソンは少しだけ口角をあげた。

「いい勝負になるかもな」

つまり、メネンコは勝てそうだとウィルソンは思っている。

「オランジュのエースは、プチ・ニコラか」

ウィルソンはニコラのあだ名を口にした。同じ名の児童文学の主人公とイメージが近いから、前はそう呼ばれていた。今は、プチ・ニコラと呼ばれるには大人になりすぎたが、それでもそう呼ぶファンはいる。

彼の機嫌が良さそうだから、もう少し切り込んでみる。

「メネンコはいいエースかい？」

そう尋ねると彼は目を細めた。ぼくの真意を探っているのだろう。

「そう聞くのは、俺とメネンコがかつて天敵だったからか？」

「いや、そんなつもりじゃないよ」

自分がしれっとそんなことを言っているのが不思議になる。昔はこんな駆け引きも苦手だった。

「俺も大人になったからな。走らせてくれるのなら、誰にでも尻尾を振るさ」

その気持ちなら、ぼくにもわかる。ぼくもここで走れるのなら、できることはする。法に触れず、誰も傷つけないことなら喜んでやるだろう。

ウィルソンの気持ちはわかる。だが、わからないのは、敵対した人間をチームに入れるメネンコの気持ちだ。もし、ウィルソンの方がメネンコよりも先に契約していたとしても、ツールのメンバーに選ばなければいいのだ。

出走時間が近づいてくる。ぼくはスタッフに促されて、スタート台に上った。

ここから、ぼくのツールが幕を開ける。


スタートと同時に、コースへと飛び出す。

沿道にはびっしりと人が並んでいて、旗や手を振ったり、声を上げたりしている。慎重に、注意深く、ぼくはカーブを曲がる。

霧のような雨を首筋や手首に感じる。スタート台にきたときには降っていなかったが、また降り出したらしい。

沿道の街並みは美しいが、あえて道しか見ないようにする。沿道の人々の姿も消える。

交通規制された、車も人も通らない道を、ぼくはまっすぐに走る。一キロごとにあるアーチだけが目印だ。

タイムトライアルは孤独だ。ロードレースのように、協力し合うことも争うこともない。ただ、ひとりでゴールを目指す。記録だけが勝ち負けを決める。

その孤独な道のりを思うと気が遠くなる。同じコースを走っていても、ぼくの見る景色と、今本気で戦っている選手たちの景色は違う。

それでも、その孤独の片鱗くらいは理解できるような気がするのだ。

たった、七キロ。ぼくはゴールへと飛び込んだ。

タイムを確かめる、七分三十六秒。四十八人中、十二位。悪くないように思えるが、この後有力選手が次々出てくることを思えば、大したタイムではない。

それでも、ぼくにしてはうまくまとめた。出だしとしてはこんなものだ。

筋肉をクールダウンさせて、タイムトライアル用の自転車から降りる。これで今日の仕事は終わりだ。

汗を拭いながら、モニタを見ると、ちょうど伊庭がスタートするところだった。彼はスプリンターだが、距離の短いタイムトライアルも得意だ。

見届けようかと思ったが、また気持ちを乱されたくはない。ぼくはモニタに背を向けて、自転車にまたがった。

レースを終えた選手はおのおのホテルに帰っていいことになっている。明日のスタートもアントワープからだから、今日は移動はないが、レースが終わってからバスで移動することもしょっちゅうだ。

ロードレース選手の日常は、旅ばかりだ。

ウインドブレーカーを着て、ホテルに帰る。メカニックに自転車を引き渡して、ロビーに入ると、ロビーのテレビに人が集まっていた。

宿泊客とホテルのスタッフが入り交じって、プロローグを観戦していた。画面に目をやったぼくは、息を呑んだ。

テロップにＩＢＡという文字が並んでいて、その横に1がある。暫定一位。タイムは七分九秒。

たぶん、もう半分近い選手が出走したはずだ。その中で一位。背筋がぞくりとする。

彼は今、暫定一位の椅子に座っているはずだ。

わかっている。その記録が最後まで守れるとはぼくも思わない。

この後出てくる強豪は、もっといいタイムを叩き出すだろう。距離が短いだけに、一秒違えば順位は大きく変わってくる。

それでも、しばらくは彼のタイムが基準になる。伊庭の名前はあっという間に関係者に知れ渡るだろう。

ぼんやりと画面を見つめていると、肩を叩かれた。振り返るとアンリエッタがいた。

「どう？　ニコラが帰ってくるまで軽くマッサージする？」

マッサージを受けなければならないほど筋肉が疲れているわけではないが、明日のためには少しほぐしておいた方がいいかもしれない。

「ああ、頼むよ。十五分くらいでいい」

テレビを見たアンリエッタが目を見張った。

「ラゾワルの日本人、すごいわね」

「彼は強いよ。日本ではいちばん強い」

そう言うことに躊躇はない。なのに彼が存在感を増すことに不安を感じるのは、ここが自分のフィールドだと思っているからだろうか。

自室に戻り、アンリエッタがマッサージ用の簡易ベッドを広げる間にシャワーを浴びる。

上半身にTシャツを着て、下半身にはタオルを巻いた姿でバスルームから出た。下着はつけず、股間をタオルで隠しただけの姿で施術を受ける。

アンリエッタがつけたテレビでは、今まさに伊庭のタイムが更新されるところだった。暫定一位になったのは、エステルハージ。ハンガリーのタイムトライアルチャンピオンで、過去にオリンピックで銅メダルを取ったこともある。もう選手としてのピークは過ぎているが、かなりの実力者だ。

エステルハージに次ぐほどの成績が上げられるのなら、他のチームの選手たちも伊庭に注目するだろう。

ベッドに横になると、アンリエッタがマッサージオイルを手に取った。首だけテレビの方に向けて、マッサージを受ける。

メネンコがスタート台に立つのが見えた。鋭い目でコースを見つめる姿は全盛期と少しも変わらないように見える。

「絵になるわね」

アンリエッタがつぶやく。同感だ。別に美男子というわけではないのに、カメラが映し出す彼の姿には、他の選手にはない魅力があるように思える。精悍でありながら、色の薄い瞳には悲しみのようなものが宿っている。

その悲しみが、彼の内心か、それともぼくの勝手な投影かはわからない。投影に過ぎないにせよ、それを呼び起こすものが彼にはある。

メネンコが走り出す。フォームはお手本のように美しい。

全盛期の彼は、タイムトライアルはあまり得意ではなかった。毎回無難にまとめてはいたが、彼が輝くのは山岳でだった。

フォームもそこまで美しくなかったはずなのに、ちゃんと矯正している。

思い出作りでもなんでもない。彼は勝つために戻ってきた。

ぼくは大きく息を吐いた。見ているのが苦しくて、テレビから目をそらす。

見なくても、実況が現状を伝えてくれる。数分後、メネンコが中間計測を暫定一位で通過したと実況が語った。

「すごい……」

アンリエッタの感嘆の声が聞こえる。

彼は引退したあとも、虎視眈々と復活の機会をうかがっていたのだろうか。タイムトライアルのフォームを矯正し、トレーニングも重ねて、いつかツールの舞台に戻ってくるつもりでいたのか。

そしてやはりメネンコは暫定一位でゴールに帰ってきた。

まだ出走していない選手は残り三十人ほど。その中でのトップだ。首を回してテロップを見ると、二位はエステルハージのままだが、三位に別の選手が入っている。伊庭は四位だ。

三十余人の中には、タイムトライアルが得意ではない選手も多い。伊庭を追い抜く選手はどのくらいいるだろう。十位以内に入れる可能性は充分にある。

アンリエッタは施術を終えると、簡易ベッドを畳んで、部屋から出て行った。マッサーはレース後、ふたりで九人の選手のケアをしなければならない。そのあとは、翌日の補給食の準備。気が休まる暇はないだろう。

ぼくは、ベッドにごろりと横になって、レースを見た。

やがて、ニコラがスタート台に上る。

麦わら色の髪が流線型のヘルメットからのぞいている。タイムトライアルバーをしっかり握り、前方を凝視する。

やはり表情が固い。ぼくは息を呑んで、彼を見守った。

勝たなくてもいい。だが、タイム差はなるべく小さい方がいい。

もし、三十秒でも開いてしまえば、総合成績が上の選手の方が取れる戦略が増え、有利になる。

ロードレースはそんなスポーツだ。

ゴールのタイム差はトップから十五秒以内、できれば十秒以内に抑えること。それがニコラの目標だった。

ニコラが走り出す。ぼくは祈るような気持ちで、画面を凝視した。

しばらくニコラの姿は映らなかった。イタリア人のガブリエッリが、かなりいいタイムを出していて、カメラは彼に釘付けだった。ガブリエッリのタイムはメネンコを大きく上回りそうだ。五年前に引退した選手に、プロローグのステージ優勝やマイヨ・ジョーヌを持って行かれるのは、現役選手のひとりとして、少しショックだ。

そんなことがあれば、メネンコを応援する声はもっと大きくなるだろう。

やっとオレンジのジャージが映る。ニコラだ。中間計測地点を通り過ぎている。

そのタイムを見て、ぼくは息を呑んだ。暫定一位のガブリエッリから三十秒遅れ。ぼくよりも遅いタイムだ。

四キロで三十秒。あまりに遅れすぎだ。落車でもしたのか、体調が悪いのか。実況もニコラのタイムに驚いている。

もし、落車やメカトラブルならば後半、少しは遅れが取り戻せるが、体調が悪いならもっと遅れるかもしれない。一分も遅れてしまえば、それだけで総合優勝には黄信号が点る。もともと、オランジュフランセはチーム・タイムトライアルも得意ではない。そこでも遅れは生じてくる。

少しでも取り戻せるようにと祈りながら、テレビ画面を凝視する。

それ以上、遅れは広がることはなかった。だが、縮めることもできない。ニコラは、ガブリエッリから三十二秒遅れでゴールに帰ってきた。さすがにぼくよりは上だったが、メネンコからも三十秒遅れている。

やがて、ミッコがスタートする。彼の表情は落ち着いていて余裕を感じさせたが、今はミッコのことを考えている場合ではない。ニコラはどうしたのだろう。

プロローグ、優勝したのはミッコ・コルホネンだった。二位がガブリエッリ、三位がレイナ、五位がメネンコ、そして伊庭は九位だった。画面に出た順位表に日の丸があるのをぼくは複雑な気持ちで眺めた。

ニコラはミッコから三十四秒遅れの七十二位だった。

この三十秒の遅れは、小さな切り傷のようなものだ。うまくすれば小さな傷のまま数日間で跡形もなく消えてしまうかもしれない。

だが、ここから傷が広がって、手のつけようもなくなることだってある。

暗雲が空を覆い始めていた。

すれ違うオランジュフランセのスタッフの顔は、どれも曇っていた。

たった三十秒程度の遅れだ。この先三千キロ以上も走るのだから、いくらでも取り戻すチャンスはある。ぼくたちは負けることになれていて、たった一度の失敗であきらめたりはしない。だが、スタッフやチームメイトたちを暗い顔にさせているのは、ニコラの様子だった。彼は戻ってきてからもほとんど誰とも話そうとしなかった。

メカトラブルや、小さな不調ならば、いくらでも挽回できるのに、彼は小さく首を振るばかりで、遅れた理由を口にしようともしなかったらしい。

ニコラについて走るチームカーには監督と、メカニックのオリビエが乗っていたが、彼らにも遅れた理由はわからなかった。落車でもメカトラブルでもないという。なんのアクシデントもなかったのに、ただ、タイムだけが伸びなかった。

ぼくの知る限り、ニコラは積極的にスタッフと連携を取ろうとするタイプだ。マシンの調子について語るように、自分の体調や精神的なプレッシャーについてもことばにする。決して、自分で抱え込むタイプではない。

ニコラとは前のチームでも同じだったアルチュールも、同じことを言っていた。

ニコラがファンの抱いているイメージよりも屈託を抱えていることは、ぼくも知っている。だが、彼は少なくとも、レース中はそんな内面をスタッフやチームメイトに見せることはない。なにか、想定外の出来事が起こったのか、それとも予想以上に遅れたことにショックを受けているのか。

予想以上と言っても、たった三十秒だ。七キロのタイムトライアルでの三十秒は大きいが、取り戻せないわけではないのに、ニコラは塞ぎ込んでいる。

そのことに誰もが不安を感じている。

ニコラがマッサージを受けている間、ぼくは自分のベッドで携帯電話を弄りながら、彼の様子をうかがっていた。

アンリエッタが話しかけても、生返事しかしない。かといって、マッサージの心地よさにうとうとしているわけでもない。アンリエッタが、身体の向きを変えるように言うと、すぐに身体を動かす。

ぴりぴりした空気が、こちらまで伝わってくるようだ。アンリエッタがときどきぼくの方を見るのは、ニコラの半径一メートルに漂っている陰鬱な空気をもてあましているせいだろう。

マッサージが終わると、ニコラはマッサージオイルを流すためにシャワーを浴びに行った。ぼくは携帯電話を置いてアンリエッタに話しかけた。

「ニコラの体調はどう?」

アンリエッタは肩をすくめた。

「わたしは医者じゃないからわからないわ。でも……」

「でも？」

「背中から腰にかけてひどく強ばってる。いくらマッサージしてもほぐれない」

「緊張しているのかな」

「でも、はじめてツールに出るわけじゃないでしょう」

ニコラがツールに出るのは、今年で四度目だ。多いとは言えないが、かといって少ないわけでもない。

アンリエッタは小さな声でつぶやいた。

「昨日まではこんなじゃなかったのに」

だとすれば、今日、プロローグがはじまるまでに、なにかがあったのだ。

バスルームのシャワーの音が止まった。アンリエッタははっとした顔になり、ベッドをたたみ始めた。

彼女にはまだ仕事がある。無駄話を続けるわけにはいかない。

アンリエッタが部屋から出て行くと、バスルームのドアが開いた。Tシャツと短パン姿のニコラが出てきて、ベッドにごろりと横たわった。

話を聞きたい気もするが、それ以上に彼にプレッシャーを与えたくない。

ニコラは両手で目を覆っていた。まるで二週間も走り続けた後のようだ。ツールは今日はじまったばかりなのに。

ニコラの唇がかすかに動いた。

どうかしている。そう言った気がした。考えるより先に口が動いていた。

「三十秒くらい大した差じゃない」

ニコラははっと身体を起こした。目を見開いてぼくを見る。考えてもみなかったことを言われたような顔だった。

ぼくはもう一度繰り返した。

「三十秒なんて取り返せる。あと二十日もあるんだから」

「ああ……そうだな」

ニコラはそう答えたが、ぼくのことばが彼の心に届いていないことは明白だった。


第一ステージは、アントワープからルーヴェンに向かう百七十五キロのコースだ。ほぼ平坦なスプリントステージだから、スプリンターのいないオランジュフランセにとっては目標も戦略もない。

ただ落車をせず、集団から遅れずにゴールすることを目指す。

第二ステージは石畳の過酷なコースを通るから、他の総合狙いの選手も明日は体力を温存するだろう。

そのことは、少しぼくらの希望になる。ニコラの体調が悪くても、明日は休息して立て直すことができるだろう。

百七十五キロも自転車で走りながら休息するなんて、普通の人々にとっては想像もできない感覚だろう。グラン・ツールに出る選手は、体調不良も怪我も、走りながら治す。ぼくも去年のツールでは、足を五針縫う怪我をしたが、痛み止めを飲んで走り続けた。骨折などどうしようもない怪我以外では、リタイアを考えることはない。

だが、気持ちが折れてしまえばそこで終わりだ。気力なしで走り続けることはできない。

たぶん、監督もチームメイトも、今それをいちばん心配している。

夕食の席でも、ニコラはあまり喋らなかった。黙々と作業のように、ステーキとサラダを口に運ぶ。デザートには手をつけずに、席を立って部屋に帰った。

ニコラが行ってしまうと、重苦しかった空気が少し和らいだ。

ぼくはデザートのブドウを少しずつ食べながら、チームメイトたちの話に耳を傾けていた。

「ニコラはいったいどうしたんだ」

そう口を開いたのは、イバイだった。監督は肩をすくめる。

「タイムトライアルに出る前は、いつもと変わらなかった。急におかしくなったんだ」

思うように力が出ない自分にショックを受けたのか。だが、気になるのは彼が中間計測地点で、すでに三十秒遅れていたことだ。

もし、体調が悪ければ遅れは少しずつ広がるはずだが、むしろニコラは後半少しだが盛り返している。

最初の四キロでなにかがあった。そう考えればつじつまが合う。

もうひとつ気になるのは、さきほど、ニコラがぼくのことばに驚いたことだ。

(三十秒くらい大した差じゃない)

そう言ったとき、ニコラはきょとんとした顔になった。あることについて考えていたのに、いきなりまったく違う話を振られたような顔だった。

だが、タイム差以外に、今思い悩むようなことがあるだろうか。体調不良にしたって、タイム差に直結するはずだ。

運ばれてきたエスプレッソに砂糖を入れて、ぺらぺらのスプーンでかきまわす。ひと息に飲むと、溶け残った砂糖がじゃりじゃりと舌に絡まった。

ぼくは椅子から立ち上がった。

「ニコラの様子を見てくるよ」

監督がぼくを見て小さく頷いた。

部屋に戻ると、ニコラはまたベッドに仰向けになっていた。ぼくは部屋を見回した。必要なものしか出さないぼくと違い、ニコラの荷物は部屋に散乱している。

「パッキングをしないと。明日の朝にはチェックアウトだ」

ニコラは顔だけを起こして、ぼくを見た。

「明日の朝やるさ。一時間もあれば片付く」

「ぼくなら、寝過ごしてあわてることになるのはごめんだね」

そう言うと、ニコラはやっと少し笑った。

「心配性だな、チカは」

「まじめだと言ってくれ」

ぼくは、ニコラのベッドに腰を下ろした。わざと顔を見ずに尋ねる。

「今日、なにかあったのか？」

返事はなかった。だが、拒絶の空気は感じない。言っていいのかどうか迷っているように思えた。

しばらく黙っていると、ニコラがやっと口を開いた。

「笑わないでほしい」

「笑わないよ」

ニコラは声を絞り出すように言った。

「ドニがいた」

いきなり殴りつけられたような気がした。

「まさか……」

「わかってる。そんなはずはないってことは、ぼくもわかってる。見間違いなんだ。でも、間違いなくいたんだ。観客の中からドニがぼくを見ていた」

矛盾したことばを口にするのは、彼の中で感情が整理できていないせいだ。

ぼくは気持ちを落ち着けた。彼の言うことを否定するつもりはなかった。ただ、事実のみを口にする。

「ドニはもうこの世にはいないよ」

「知ってるよ。でも見たんだ」

見たのなら仕方がない。それが見間違いか、幽霊かはわからないし、もう確かめようがない。

ぼくは息を吐く。

「ドニはもういない。だから、きみが見たのは別人だよ。ドニに似た人だ」

「そう思いたいんだ。でも、何度考え直しても、間違いなくドニだった。新人賞の白いジャージを着ていた」

「だったら幽霊だ」

そういうと、ニコラは驚いた顔でぼくを見た。

「チカ、きみは幽霊なんて信じているのかい」

「きみが別人じゃないというのなら、幽霊だろう。日本ではそういうとき、神社でお祓いをしてもらうんだけれど、フランスではどうするのかな」

ニコラの口元が少しほころんだ。

「幽霊なんていない……な」

「じゃあ、別人だ。単に白い服を着ていたよく似た男だったんだろう」

ニコラはためいきをつくと、身体を起こした。

「そうだよな。たぶん、そうだ」

まだ完全に整理がついたわけではないだろうが、それでもさっきよりは表情は明るい。なにより、彼がなぜショックを受けてるのか知ることができてよかった。

身体の不調でなければ、これから遅れを取り戻すこともできるだろう。

なぜ、他のスタッフや監督に話したがらなかったのかもわかった。誰に話しても笑われると思ったのだろう。ぼくが彼でも話すことをためらう。

三年前に死んだ人間を見ただなんて。

ドニ・ローランはニコラのチームメイトであり、親友だった。三年前のツールの最中、事故で命を落とした。

ニコラは、ドニの死に責任を感じていた。オランジュフランセで一緒に走るようになってから、ドニの話をしたことはなかったが、それでもたった三年で忘れられるはずはない。

まだ触れられれば痛むし、血も噴き出す。そういう傷だ。

ドニの幻影を見てしまうニコラの精神状態が不安定なのか、それとも本当によく似た人がいたのか。

ドニの浅黒い肌と黒い目を思い出す。ぼくですら、思い出せば心が騒ぐ。ニコラなら平静でいられなくなるはずだ。

ただ、似た人がいただけならば、それはただの偶然だ。だが、もしニコラが幻影を見たのなら。この世にいない人をどうやって追い払えばいいのだろう。

その夜、ニコラの寝息はいつまでも聞こえてこなかった。暗い想像などしたくないし、まだ絶望したわけではない。

簡単に勝てると思っていたわけではない。いついかなるときでもツールは過酷だ。だが、ライバルチームや、アクシデントではない敵がいるとは思わなかった。

翌日は快晴だった。最高気温は三十二度を超えると天気予報は言っていた。

雨の日と違う憂鬱さが、暑い日にはある。ジャージから出る部分には日焼け止めクリームを塗って、準備をする。

朝食のレストランで、山盛りのパスタにパルミジャーノをかけて口に運んでいると、ジュリアンが声をかけてきた。

「チカ、今日は仕事はほとんどないだろう。逃げないか？」

逃げる——つまり集団から飛び出して前を走ることには、いろんな意味がある。

テレビカメラに映り、ジャージのスポンサー名をアピールすることもできるし、自分の存在を他のチームにアピールして、今後の契約につなげることもできる。

チームとしてもいろんな戦略が取れる。先行集団に同じチームの選手がいれば、先頭交代に加わらずに、体力を温存することもできるし、もし、集団にトラブルがあって、エースが孤立したときに、先行していた選手がエースを待って一緒に行くこともできる。一度、遅れてから追いつくのは難しいが、前を走っていれば合流するのは簡単だ。

ジュリアンは今年がはじめてのツールだし、若いから気持ちが高ぶっているのだろう。

ぼくは少し考えてから、断った。

「ぼくは今日はやめておく。ニコラのそばにいるよ」

昨日聞いた、ドニの幽霊のことが気にかかっていた。もちろんただの見間違いかもしれない。

ジュリアンは不満そうに眉を寄せた。

「ピレネーやアルプスに入ってしまうと、自由には動けなくなるのに」

「チャンスはあるさ」

山で飛び出せば、平地よりもタイム差をつけられるし、山岳ポイントもある。もっとも、疲労は蓄積するし、レースの局面も難しくなるから、ジュリアンの言うことは正しい。

「ジュリアンは今日行けばいい」

もちろん、逃げたいと思ったから逃げられるほど甘くはないが、やりもしないうちからあきめるよりはずっといい。

もしかすると、千分の一くらいの確率で勝利が飛び込んでこないとも限らない。

ふいに思った。こんなふうに、いろんなことを考えて躊躇してしまう自分の性格が、今の状況を招いたのに違いない。ガツガツとチャンスを探して飛び出していくような選手ならば、もっとよそから契約の声もかかったはずだ。

たぶん、伊庭ならば体力の温存などは考えず、わずかなチャンスもものにしようと足掻くはずだ。

レストランを見回すと、伊庭は入り口近くのテーブルにいた。メネンコやウィルソンも一緒だ。伊庭は今日、スプリントで勝利を狙うだろうか。そう考えて、ぼくは苦笑した。愚問だ。ゴール前のスプリント勝負になれば、彼はかならず参戦する。チャンスを見逃すようなことは絶対しない。

少し胸がちりちりと痛んだ。ジュリアンはまだぼくの返事を待っている。

ぼくはもう一度言った。

「今日は、ニコラのそばにいる」

色ガラスのように澄んだ青空の下、集団は走り始める。

前方にはオーガナイザーの乗った赤いニュートラルカーが走っている。何キロかをゆっくり走った後、オーガナイザーが旗を振ればレースは始まる。

昨日はプロローグだから、今日から本当のツール・ド・フランスがはじまるのだ。

ニコラは集団の中程にいた。ぼくはなるべくその近くを走ることにする。

前方に、メネンコがいるのが見えた。彼のまわりには少しだけ空間があった。リスペクトしているから、車間を取っているのか、それとも関わりたくないから避けるのか。

集団はメネンコをどう扱っていいのか、困惑しているように感じられた。

ロードレースの集団は、ひとつの社会だ。強い選手は尊敬され、反対に卑劣な選手は軽蔑される。

集団から嫌われれば、レースには勝てないと言う者もいる。

軽蔑された選手は、集団でいい位置につくことはできないし、飛び出そうとしても邪魔される。運良く飛び出しても、一緒に逃げた選手たちの協力は得られない。

どんなに才能があっても、尊敬されない選手は集団に埋没するしかない。それがこの競技の変わっているところだ。

メネンコはどうなのだろう。ルールとして、彼が出場することに問題はない。

だが、釈然としていない選手は多いはずだ。もし、彼が引退しなかったならば、彼への処分はもっと厳しいものだったただろう。

同じようにドーピング常習者と判断された選手で、永久出場禁止になった選手もいる。

それでも、集団は彼をどこか尊敬しているようにも思える。

それは輝かしい戦歴のせいか、それとも彼が持つカリスマ性のせいなのか。

「やっかいな選手だな」

スペイン語でそう話しかけられて振り返ると、イタリア人選手のモッテルリーニがぼくを見ていた。たぶん、ぼくの目がメネンコを見ていることに気づいたのだろう。

何年か前まではエースとして優勝争いに何度も絡んだ選手だが、今はアレジオ・ネーロでアシストをやっている。三十六歳という年齢になりながら、ボトルを運び、先頭を引く。年俸はエース時代の半分に満たないだろうに、彼はまだ走り続ける。

ぼくは少し肩をすくめた。まだ自分でもメネンコのことをどう考えていいのかわからない。

もし、知り合っていなければ、判断を宙ぶらりんにすることもできたが、ぼくは彼と知り合い、彼の頼みを引き受けている。

「選手がみんなきみのようだったらよかったのに」

そう言うと、モッテルリーニはかすかに唇をほころばせた。

「俺のように単純な、か？」

「単純で、そして尊敬できる、ね」

不思議な競技だ。紳士的であることを求められるが、狡猾でなくては勝てない。それともどのスポーツも、そんな一面を持っているのだろうか。

ふいにモッテルリーニが言った。

「昨日、ローランにそっくりな観客がいた。彼のことを思い出したよ」

息が止まりそうになる。

「白い服を着ていた？」

そう尋ねると、モッテルリーニは少し考え込んだ。

「たぶん、そうだ。だからよけいにローランに似ていると思ったのだろう」

三年前のツールで、ドニ・ローランは白い新人賞のジャージを長い期間着ていた。彼がツールを走ったのはその一回だし、新人賞ジャージを着る前は注目を浴びるような選手でなかったから、多くの人の心に残るのは、白いジャージを着たドニだ。

昨日の出走順を思い出す。たしか、モッテルリーニはニコラより少し早かった。

その頃、ドニにそっくりな観客が沿道にいたのか。

「どのあたりにいた？」

「スタート台のすぐそばだ。嫌でも目に入る」

嫌な予感がした。

ぼくがスタートしたときには、そんな観客は目につかなかった。ドニと深く関わったわけではないモッテルリーニが似てると気づくくらいなら、ニコラが過剰反応したわけではない。

ドニ・ローランによく似た男を探し出して、白いジャージを着せてスタート台の近く、目立つ場所に立たせることができれば、ニコラに精神的ダメージを与えられる。

ルール違反にもならず、他の選手には影響を与えない。

考えすぎだ、と、心の一部が訴える。だが、ニコラは明らかに動揺している。それが作戦ならば、効果ははっきり出ている。

ドニ・ローランがニコラの親友だったことは、三年前ツールを走っていた選手のほとんどが知っているはずだ。

彼とニコラの間にあった感情までは知らなくても、ニコラがドニの死に胸を痛めてツールを去ったこともいくつかのメディアに書かれていた。

目的を持ってニコラを陥れようとしたのか、悪意のある悪戯かは判断ができないが、その可能性も頭に入れておいた方がいい。

選手はみな聖人君子ではない。

集団から、誰かが飛び出した。ジュリアンだ。続いて、他のチームの選手もぱらぱらと飛び出す。

集団は逃げを容認しながら、これ以上の選手が飛び出さないように速度を上げる。

選手たちの思惑はそれぞれ違うはずなのに、集団はまるで大きな生き物のように動く。

先行集団がいた方がレースが安定するから、数人の逃げは許すが、多すぎると逃げ切られるリスクが高くなる。

スプリンターを抱えるチームは、スプリント勝負を目指している。逃げ集団はゴールまでに捕まえなくてはならない。

無線から監督の声が聞こえてくる。逃げは全部で六人。なかなかいい人数だ。

少しだけ、一緒に逃げた方がよかったかな、と思う。

たぶんどの選択肢を選んでも、ぼくは少し後悔して、選ばなかった未来をまぶしく思うのだろう。

ジュリアンたちのグループは、ゴールより十二キロ手前で集団に吸収された。

ジュリアンは紅潮した顔で、ぼくの横にやってきた。

「テレビに映ったかな」

「ああ、たくさん映ったさ」

百七十五キロのうち、百五十キロは先行していた。きっと、彼の携帯電話にはメールがどっさり届いているはずだ。

「お祖母ちゃんがきっと喜んでる。ぼくの出たレースは全部録画して、少しでもぼくが映っているかどうか、チェックするんだ」

「じゃあ、今日のビデオは保存版だ」

彼の笑顔を見ながら思う。

たとえ、優勝に手が届かなくても、栄光にはいろんな形がある。

自分で抱え込むだけではなく、分け与えることもできるのだ。

ぼくは、どちらかというと、それを分け与えることが得意ではない。身内だけではなく、日本のファンたちがぼくの活躍を応援してくれていることは知っているが、あえてその声は聞かないようにしていた。

天狗になってしまいそうな不安があったことも大きいが、その声援が少しも自分にふさわしいとは思えないのだ。沿道で名前を呼ばれたり、声援を送られることはうれしいし、それが力になるのもたしかだが、ジュリアンのように無邪気にははしゃげない。

子供のように屈託なく喜んでいる彼を見ていると、それがひどくもったいないことのように思えてくる。

ゴールスプリントにそなえて少しずつ速度が上がる。

伊庭が少しずつ前に進んでいくのが見えた。スプリントに参加するつもりだ。

集団でゴールさえすれば、記録上は同じタイムになるから、ぼくは後方に移動する。ニコラも安全そうな位置につけている。

後方にいてさえ、スプリンターたちの気迫は伝わってくる。

集団はひとつの生き物だ。感情はまるでさざ波のように末端まで伝わる。

前方で落車が起きたのがわかった。速度を落として落車を避ける。十五台ほどが巻き込まれている。ラゾワルのジャージが見えたが、誰かまではわからない。オランジュフランセのジャージはいなかった。

伊庭は巻き込まれていない。全日本チャンピオンのジャージは、前方に見える。

チェーンの音が鋭く、大きくなる。

ぼくまで風になったように思える。心の中で、伊庭の背中を押した。

第一ステージの優勝は、ウクライナのスプリンター、サイフェルトだった。

伊庭は十位。だが、並み居るスプリンターの中、ちゃんと勝負に参加できている。彼のこれまでのキャリアを考えれば当然とも言えるが、はじめてのツールなのに、プレッシャーをものともせずに勝負に絡んでいることがすごい。

今は伊庭の名を知る選手もそう多くない。いい位置につけようとしても、身の程知らずの若造が出てきたと思われるはずだ。

たぶん、次のスプリントステージはもっとやりやすくなる。成績を残せば、ほかの選手たちも伊庭をひとりのスプリンターとして扱う。

ただでさえ、単騎のスプリンターは不利だ。

チームバスに乗り込んで、ぼくたちは次のホテルに向かった。ぼくはニコラの隣に腰を下ろした。

他の選手に聞こえないように言う。

「モッテルリーニが、ドニに似た観客を見たと言っていたよ」

ニコラの目が大きく見開かれた。

「スタート台の近くだと言っていた。違う？」

「そうだ。そうか……見間違いじゃなかったのか」

「幽霊でもない。モッテルリーニが幽霊を見るとは思えない」

そう言うと、ニコラがくすりと笑った。

「幽霊も怖がって近づかないだろうな」

「じゃあ、本当に似た観客がいただけなんだ」

ニコラは安堵したように小さく息を吐いた。これ以上の話をするのをやめておこうかと一瞬思ったが、また同じようなことがあるかもしれない。

ニコラはぼくよりも若いが、だからといって子供なわけではない。

「誰かが、仕組んだのかもしれない。また似たようなことがあっても動揺しない方がいい」

「なんのために！」

そう問いかけたニコラだが、ぼくが答える前にその理由に思い当たったようだ。

ライバルをひとりでも蹴落とせば、戦いは楽になる。もちろん、ただの嫌がらせという可能性だってある。

ツール・ド・フランスは世界最大級のスポーツイベントだ。何億、何百億の金が動いてる。フェアに戦っている選手だけではない。

ミッコは、ツールの期間中はチームの調理師が調理したものしか食べなかった。水もマッサーが用意したボトルか、目の前で封を開けたペットボトルしか口をつけなかった。

ニコラはそこまで用心していないが、彼も優勝候補のひとりなのだ。

ニコラはぽつりと言った。

「嫌だな」

「そうだな」

他人を警戒しながら生きるのはそれだけで疲れる。考えたくないという気持ちが先に立ってしまう。

「もちろん、ぼくの考えすぎかもしれないけど、念のために……」

「わかってるよ。ありがとう」

物事はたいてい、想像しているよりも単純だ。きっとドニに似た観客がいて、たまたま白い服を着て、スタート台の近くにいただけだ。

それでも警戒しないよりも、した方がいい。

第二ステージはルーヴェンからカンブレまでの二百二十キロのコースを走る。

平坦だが、距離も長く、なによりコースの中に石畳が四カ所組み込まれている。第一週ではいちばんハードなステージになるだろうと、はじまる前からの評判だった。

パリ－ルーベというクラシックレースで使われる石畳のコースは、北の地獄と異名を取るほど過酷だ。

むき出しの石がパンクや落車を誘い、振り落とされそうなほどの振動が続く。晴れた日は砂埃が、雨の日は泥が目にも口にも飛び込んでくる。

ぼくは、比較的このコースと相性がいいのだが、それでもハードなことに変わりはない。過酷なレースは、ただ、体力の消耗を最小限に抑えた人間が勝つ。

ミッコはこのコースを得意としていて、パリ－ルーベでの優勝経験もある。だが、ニコラはパリ－ルーベに出場したことすらない。

試走はしたらしいが、数人で走るのと、百八十人の集団で走るのとは全然違う。通常のコースならば集団の方が楽だが、ここは北の地獄だ。

第二ステージも、ぼくたちにとっては堪え忍ぶステージだ。

ダメージをいかに最小限に抑えるか。どうやって落車とメカトラブルを避けて、他の総合優勝候補にタイム差を開けられないようにするかが大事だ。

石畳が得意なのは、ミッコだけではない。ハビエル・レイナも小柄なのに石畳を得意としている。メネンコも最盛期に、パリ―ルーベで一度勝利を挙げている。

石畳が得意かどうかは、体型ではわからない。ミッコやメネンコのようにパワーのある選手が強いとされているが、大柄でパワフルなのに、石畳では力が出せない選手もいる。レイナのように小柄な選手は石畳の衝撃をそのまま受けてしまうのだが、それでも彼は石畳を得意としている。

たぶん、バイクコントロールや度胸、そして、いかに地獄に立ち向かうかという気持ちのありようが大きく関係している。

ニコラはまだ未知数だが、経験値がものを言うからあまり期待はできない。

ミッコ・コルホネン、ハビエル・レイナ、そしてドミトリー・メネンコ。石畳で結果を出しているこの三人に、ニコラが挑むのは簡単なことではない。

ただでさえ、ニコラは三十秒遅れている。

ミーティングを終えて、部屋に帰る途中、ニコラが話しかけてきた。

「チカ、きみは石畳を走るとき、なにを考える?」

ぼくに聞いても参考になるかどうかはわからない。ぼくはあくまでパリ―ルーベを完走したというレベルだが、ニコラはトップ選手から後れを取るわけにはいかない。

「いろんなことを考えるよ。終わったらビールを飲もうとか、ベッドに倒れ込んで気が済むまで眠るとか、とりあえずシャワーを浴びるとか」

もっとも、それはパリ―ルーベというワンデーレースでのことだ。ワンデーレースならば、走りきれば翌日は休める。

だが、ツール・ド・フランスは明日も明後日も続く。

「そういえば、ミッコがこんなことを言っていたよ。気にしないんだって」

「気にしない？」

「そう。砂や泥や虫が口の中に飛び込もうと、振動で手や尻が痺れようと、パンクしようと、気にしないで走り抜けるんだって」

その領域に辿り着くのには、どのくらい走らなければならないのだろう。ぼくにはまだ難しいが、ニコラならできるかもしれない。

ニコラは、唇を引き結んで頷いた。

「砂や泥が口に飛び込もうと、振動で手や尻が痺れようと、パンクしようと、そして、幽霊が出ようと気にしないんだね」

「そうだ」

幽霊などいない。いや、もしかするといるのかもしれないが、レースが終わるまでは言い切りたい。そんなものはいないのだ、と。

ニコラはぼくの目をまっすぐに見た。

「もうこれ以上、タイム差は広げない。ただでさえ、この先チーム・タイムトライアルがある」

ならば、明日はなんとしてでも優勝候補についていくしかない。

翌日、天気予報は雨だった。朝起きたときから、空は分厚い雲に覆われていた。

ニコラは空を見上げて、つぶやいた。

「まったく、一日だって楽な日なんかない」

そう、この三週間、休養日を除いて、そんな日はない。平坦コースでも、百五十キロから二百キロは走るし、落車で大怪我をしてしまうかもしれない。

でも、それが自転車選手の人生で、ぼくたちは自分からそれを選んだ。

だったら、怯んでいる場合ではない。

7

ミーティングのときに監督は言った。

傷を広げるな。なんとしても堪え抜け、と。これ以上のタイム差がつけば、優勝は厳しくなる。ただでさえ、五日後には苦手なチーム・タイムトライアルが待っていて、最終日には通常のタイムトライアルがある。

これ以上タイム差が開いてしまえば、挽回は厳しくなる。ニコラは山が得意だと言っても、ハビエル・レイナだって山岳には強い。メネンコもツールを何度も勝った男だ。ニコラがどれだけ差をつけられるかわからない。

リードを取った選手は、それだけで有利になる。山岳では、先頭から遅れなければいいのだから。だが、タイム差を縮め、追い抜こうとするものは、勝負に出なければならない。

なんとしてもこれ以上差をつけられることは避けなければならない。

ニコラは首を振った。

「少しでも取り戻したい。できれば勝ちたい」

監督の顔が険しくなる。当然だ。勝算はあるとは思えない。

「無理はするな。落車やアクシデントで、レースそのものが終わるぞ」

「今日が終われば、あと四日平坦ステージが続く。体力だって回復できる」

「焦るとよくない結果になる」

「焦ってはいない」

そばで聞いているぼくにもわかる。ニコラは焦っている。

監督が渋い顔をするのも当然だ。この難しいステージで勝負に出て、体力を削られたり、落車して怪我でもしてしまえば、レースは終わる。

だが、それでもぼくは思い出す。

三年前のニコラは、果敢に勝負に挑み、難しいステージでも勝つための挑戦をやめなかった。あのときの彼は輝いていた。多くの観客が彼に魅了された。

今のニコラには、あの輝きはない。精彩を欠いた状態が続いている。

監督と目が合った。

「チカはどう思う？」

ぼくは少し考えた。

ニコラは、本当にやりたければ人の言うことなど聞かないだろうし、そういう選手でなければツールで優勝することなどできないだろう。

だから言う。

「ニコラの好きにさせればいい。アシストはできる限りのことをする」

集団が走り始めるのはスタート地点よりも十キロほど手前だ。

あらかじめ決められたスタート地点まできたときに、スタートフラッグが振られ、レースがはじまる。

それまでは和やかな雰囲気で、パレード走行するのが普通なのに、今日はまだフラッグが振られる前から、集団の空気がぎすぎすしていた。

無理もない。ぽつぽつと雨は降り出しているし、この先雨はひどくなる一方だと言われている。そんな天候の日に、過酷な石畳の道を走る。

考えただけでもうんざりする。

顔なじみのスペイン人選手に話しかけられた。

「今日はもうのんびり行こうぜ」

彼のチームには、総合優勝候補がいない。期間中にステージ優勝をあげることを目標にしているはずだから、過酷な日に無理をする必要はない。

笑いながら答えた。

「そうできればいいんだけどね」

なるべく前方で、ニコラから離れないこと。それが今日のぼくの使命だ。昨日の平坦ステージと同じだが、その難易度と過酷さは全然違う。

平坦ステージでは、アクシデントや体調不良が起こらなければ、集団から遅れることはまずない。だが、石畳のステージでは選手が次々と脱落していく。

パリ―ルーベとコースは少し違うが同じようなものだ。

ニコラが最後まで残るのも簡単ではないかもしれないし、ぼくに至っては、残れない可能性の方が高い。これまでのパリ―ルーベでは完走はしたが、最終グループまで残ったことはない。

だが、ニコラと一緒に走れなければ、彼が遅れたときにアシストできない。

ぼくは、ボトルからひとくち水を飲んだ。考えただけでうんざりする。気持ちが萎えているわけではないが、うんざりする。

過酷なレースの間だけ、心をどこかに置いておければいいのに、そんなふうにさえ思う。ロボットのように身体能力だけ使って走り、心はゴール地点まで眠らせておく。そんなことができる選手はきっと強いはずだ。

ボトルをボトルケージに戻しながらぼくは笑った。できないことを考えても仕方がない。

少なくとも弱音だけはゴール地点まで眠らせておこう。

スタートフラッグが振られた。

石畳のコースに入るまでにも、七十キロの平坦コースを走る。何人かが飛び出したらしいという無線を聞く。

オランジュフランセの選手はいない。今日のコースでは、飛び出してもゴールまで逃げ切れるとは思えない。だが、石畳コースに先行して入ることができれば、落車や怪我の確率は低くなるだろう。

少しだけ、ぼくも逃げればよかったかな、と思う。まあ体力はごっそり削られるだろうが。

気がつけば、隣にミッコがきていた。目が合う。

ミッコは、プロローグで優勝し、総合一位の証であるマイヨ・ジョーヌを着ている。今日の優勝候補のひとりでもある。

去年まで、ぼくのエースだったのに、今日はライバルになる。因果な仕事だ。

「調子はどうだ？」

「普通だよ。ミッコは総合も行けるんじゃないのか？」

今年はタイムトライアルに集中する。そう言っていたが、やろうと思えば充分総合争いに絡めるはずだ。

ミッコはかすかに口角をあげた。

「総合で勝つなら、そろそろマイヨ・ジョーヌは手放さないとな」

矛盾しているようだが、戦略的には正しい。マイヨ・ジョーヌを持っているチームは、集団を引き、レースをコントロールする義務がある。アシストが疲弊していくから、総合優勝を狙っているチームは、あまり早くからマイヨ・ジョーヌを持ちたがらない。

ミッコが本当に総合を狙っているのかどうかはわからない。聞いても、もうぼくはライバル選手のアシストだから、本心は教えてくれないだろうし、もしかするとミッコ自身も決めていないのかもしれない。

行けるところまで行く。それしかない。

「おまえの元チームメイトは、おもしろい男だな」

「伊庭のことかい？」

「そうだ。さっき、石畳のコツを聞かれたぞ」

日本のチームに所属していると、石畳を走る機会などあまりない。ヨーロッパのレースに遠征はしても、そもそも石畳をコースに組み込んでいるレースはあまり多くない。ニコラだけではなく、選手の中にも経験のない選手はたくさんいる。

しかし、あまり社交的とは言えない伊庭が、ミッコに話しかけるとは思わなかった。たしかに、ひとりでヨーロッパで走るのなら社交性だって必要だ。

「就職先を探しているとも言われたぞ」

「えっ？」

驚いてミッコの顔を見る。

「この前、ラゾワルと契約したばかりなのに？」

「来年はないそうだ。チームは続くが、予算は大幅カットになるから、多くの選手は契約を解除される」

ラゾワルと言えば、潤沢な資金にものを言わせて、ツールの出場権も、ライセンスも取ったと噂されているが、来年はスポンサーが離れてしまうのだろうか。

「厳しいな」

「厳しくないところなんてないさ」

ミッコは表情も変えずにそう言った。

ぼくも来年の契約はまだ決まっていない。せめて、ツールが終わる頃には行き先を決めたい。

ミッコはアイウェアの下の目を細めた。

「ラゾワルはまるで、メネンコのためのチームだな」

「え？」

「メネンコが走るのは、今年限りだそうだ」

あと何年も走るわけではないことはわかっていた。

だが、今年の成績にかかわらず、一年で去るつもりなのだろうか。彼はなにをしにきたのだろう。

思い出を作るためか。なにかを取り戻すためか。それともなんとしても勝つためか。

だが、かならずメネンコはなにかをつかんで帰るだろう。

ニコラは彼に勝てるのだろうか。


石畳のコースに近づくにつれ、雨は本降りになってきた。

集団が殺気立っているのがわかる。誰かが強引な位置取りをしたのか、口論さえ聞こえてくる。いらいらするのも仕方がない。普通フランスでは、雨が降るとぐっと気温が下がる。時によっては十六度くらいまで下がり、防寒具が必要になることもある。だが、今日は妙に蒸し暑く、雨具の中に熱が籠もっていて息苦しい。

雨具を脱ぎ捨ててしまえば気持ちいいかもしれないが、濡れて体温を奪われてしまうと走れない。

視線を感じて振り返ると、斜め後ろに伊庭がいた。日本語で話しかける。

「蒸し暑いな」

「そうか？　日本の湿度にくらべれば天国だ」

たしかに言われてみれば、日本の夏はこんなものではなかった。

だが、記憶にしか残っていない。もう長いこと、夏に帰国していないから、身体は日本の蒸し暑さを忘れている。

ぼくは、ウインドブレーカーの前のファスナーだけを下ろした。風が入ってくると少し楽になる。

最初の石畳まで、あと五キロを切った。選手たちは少しでも集団の前方に行こうと、様子をうかがっている。ミッコや、メネンコ、レイナはすでに前の方にいた。ニコラの姿も見えて、ほっとする。

大きく息を吐いて、それから吸い込む。地獄と呼ばれるコースだが、四月に行われるパリ―ルーベはこんな暑さに悩まされることがない。今日は地獄よりも過酷だ。

前方に石畳が見える。ぼくは歯を食いしばった。

これまでと違う振動が全身に伝わる。丹田に力を込めて、ただペダルを踏む。まるで暴れ馬を乗りこなしているようだ。

前の自転車が跳ね上げた泥が顔にかかる。口の中になにかが入ったが、かまってはいられない。内臓が揺さぶられ、振動が脳にまで響く。

最初の石畳は距離が短い。通り抜けてから、ぼくは荒い息を吐いた。

集団は縦に長く延びている。脱落するものが多い証拠だ。

後ろからきた伊庭が横に並んだ。どうやら無事についてこられたようだ。

「マジかよ。気が狂ってるな」

率直な感想に笑いが漏れた。

「今のはまだマシだよ。これから、もっと荒れた道がある」

石畳と言っても、街中にあるような滑らかなものではない。昔からある、ゴツゴツした石をそのまま埋め込んだような道だ。

レースを楽しむために、あえてそのままにしているのではないかと思うこともある。

伊庭が吐き捨てるように言った。

「くそっ、なにが楽しいんだ」

思わず笑いが漏れた。そう、楽しんでいるのは観客で、ぼくたちはその贄《にえ》だ。彼らを楽しませるために、泥だらけになりながら、地獄のような道を走る。

だが、ほんの少し、ほんの少しだけ楽しいのだ。

マゾヒズムなのか、投げやりな気持ちなのか、激しく気持ちが高揚する。

「ぼくはちょっとだけ楽しいよ」

そう言うと、伊庭は気持ち悪そうにぼくを見た。

痛めつけられるほど、気持ちが高ぶるのは、自転車選手としては悪くない素質だ。ぼくは、顔の泥を拭って伊庭に言った。

「次がくるぞ」

ふたつ目の石畳がはじまる。次は先ほどよりも長い。

アドレナリンのせいか、心臓の鼓動がわかる。ぼくは振動に身をまかせながら、ペダルを踏んだ。

バイクと自分が一体になった気がする。こんな日は調子がいい。

長い石畳を駆け抜けて、ひと息つく。振り返ると伊庭の姿はなかった。脱落してしまったらしい。

まあ、優勝を狙っていないなら、あえて先頭集団に残る必要はない。

前方を見ると、ニコラはちゃんと残っていた。ミッコもいる。優勝候補たちは、やはりそう簡単に崩れない。メネンコとレイナがいるのも確認した。

ぼくはニコラの近くまで移動した。

ニコラはぼくに気づいて、泥だらけの顔で笑った。

「悪くないよ」

その顔を見て、ほっとする。彼は楽しんでいた。

「このステージで優勝できたら気分がいいだろうな」

そう思えるならばきっと調子は悪くない。ドニのことも頭から追い出すことができたようだ。

次の石畳が近づく。今度は難所と噂されるポイントだ。

コースの半分を過ぎても、優勝候補の四人は残っていた。

だが、集団は半分以下に減っている。遅れた選手たちは、グルペットという勝負をしない集団を作り、安全にゴールする。

普段、グルペットができるのは厳しい山岳ステージだけだが、今日は特別だ。

いつものツールだと、山岳ステージに入るまでは、そう大きく遅れる選手はあまり出ないのだが、今年は三日目でかなりふるい落とされそうだ。すでに、総合優勝を狙っている選手で脱落した者もいる。

ニコラの顔にも疲れが見えてきた。ぼくはチームメイトたちを集団の中に探した。アルギはまだ残っていた。他に残っているのはマルティンだけだ。

アシストが三人残っているだけでもいいと思わなければならない。ミッコのアシストは誰も残ってはいなかった。ラゾワルはメネンコだけでなく、ウィルソンと他に三人の選手が残っている。

まあ、ミッコはタイムトライアルのスペシャリストだから、こんなステージは独走して勝つ。アシストがいなくても強敵であることに違いはない。

メネンコの表情はよくわからない。ポーカーフェイスなのか、それとも疲れを感じていないのか。

ハビエル・レイナはしれっとした顔をしているし、いちばん若いニコラがいちばん疲れているように見える。

仕方がない。経験の差は大きい。体力だけでは太刀打ちできない。

次の石畳は、最も難易度の高い道だ。

ここで落車して、十五針も縫う怪我をしたこともあるから、全身に緊張が走る。どんなに忘れようとしても、身体は痛みを覚えている。こわばり、怯んだ身体は思うように動かすことができない。

身体の傷は治っても、やっかいなことに記憶の中の痛みを消し去ることはできない。

ぼくはハンドルを握ったまま、深呼吸をした。ここを過ぎる間だけでも、不安や嫌な記憶を眠らせる。ただの機械になる。

吐きそうなほどの振動が、全身を襲う。舌を嚙まないように口をしっかり閉じた。

ただ、走る。ぼくは自転車そのもので、意志も記憶もなにもない。ハンドルを操り、ペダルを踏み、少しでも早く駆け抜ける。

レイナがひとり抜け出した。ミッコもあとを追う。ニコラが少し遅れた。

石畳を走り抜けると、ぼくはニコラの前に出た。ペダルを踏んで、先に行ったレイナとミッコを追う。ニコラが後に続いた。

後ろからメネンコもついてきているが、今は先行したふたりに遅れないことが重要だ。

石畳を走った後だと、舗装された道が天国のようだ。気持ちだけはいくらでも走れそうな気がする。

冷静になってみれば、足にも尻にも痛みは走るが、今は冷静になる必要はない。

次の石畳に入る前に、レイナとミッコに追いつくことができた。ミッコはにやりと笑った。

「しつこいのがしがみついてきたな」

レイナと目が合う。垂れ目の優しげな顔のスペイン人選手で、闘志にあふれているようにはとても見えない。庭いじりでもしているのが似合いそうだ。

だが、強い。どちらかといえば山岳で力を発揮するのに、タイムトライアルでも隙がない。

彼とはこれまで口を利いたこともない。向こうはぼくの存在など認識していないか、それとも「珍しい東洋人選手がいるな」くらいの認識だろう。

いっそう小さくなった集団は、次の石畳に入る。なんとしても食らいつきたかったが、さっきのアシストで足を使ってしまった。たぶん、これ以上はついて行けない。

アルギはもういないが、マルティンがいる。彼はニコラの以前のチーム、クレディ・ブルターニュからのチームメイトで、ニコラの信頼も厚い。

彼がいればきっと大丈夫だ。

思った通り、ぼくは次の石畳で集団に引き離された。ひとりになったとたんに、急に雨が冷たく感じられた。


その日、ステージ優勝を上げたのは、石畳に強いベルギー人の選手だった。

二位がレイナ、ミッコは五位で、ニコラは七位だった。メネンコは九位だ。だが、ほぼひとかたまりでゴールしたから、タイム差はついていない。二位のレイナにボーナスタイムが与えられて、マイヨ・ジョーヌがミッコからレイナに移った。

はじめての石畳で、ニコラは強豪選手たちと一緒にゴールした。タイム差は縮められなかったが、この難関ステージで広がらなかっただけで上出来だ。ひとつ間違えば、取り返しがつかないほど遅れていた可能性だってある。

スタッフの顔にも笑みが見えて、チームバスの空気も和やかだった。

とりあえずは、第一週でいちばんの難所は切り抜けられたということだ。

明日から四日間は平坦ステージだから、総合成績の動きはたぶんほとんどない。あるとすれば、なんらかのアクシデントが生じたときだ。

伊庭はまたスプリント勝負に絡もうとするのだろうか。そのつもりならば、今日、早い段階で脱落して、体力を使わなかったことは正しい。

総合成績のリザルトを見ると、三日目なのにすでに大きな変動があることがわかる。

一位がハビエル・レイナ。二位がミッコ・コルホネン。六位にドミトリー・メネンコの名前があり、十位にニコラがいる。

レイナから、ニコラまでのタイム差は三十八秒。だが十位と十一位の間には三分のタイム差がついていた。

ツール・ド・フランスで三分のタイム差を縮めるのは、かなり難しい。ニコラより前にいる他の選手は、石畳を得意とするクラシックレーサーで、彼らはたぶん山岳ステージで優勝争いから脱落する。

つまり、今の時点で総合優勝争いは、この四人に絞られたも同然というわけだ。

メネンコは想像以上に仕上げてきている。現役のトップ選手である、レイナやミッコに引けを取らないタイムだ。五年間のブランクなど一流選手にはたいしたことではないのだろうか。

断言はできないが、今年もドーピングしているということはないはずだ。検査の精度は、メネンコの全盛期よりもかなり上がっているし、なによりドーピング検査官は、メネンコに鋭い目を向けている。

一位以外の選手の検査はランダムだが、メネンコは毎日のように検査室に呼ばれているという。チームバスやホテルにも検査官が現れて、抜き打ちのチェックがしょっちゅう行われている。どのチームにいたって検査は受けるが、あきらかにラゾワルとメネンコは監視されている。その目をくぐり抜けて、ドーピングをするのは難しいはずだ。

彼の走りは、五年前までの現役時代の経験の蓄積と、その後のトレーニングの賜物なのだろう。自分が五年間現役を離れて、もう一度戻ってきたときに今と同じ走りができるとは、とても思えない。

それが才能という越えられない壁なのだろうと思う。


ニコラの調子が上向きになったことで、夕食のテーブルにも笑顔が増えた。昨日までと空気が明らかに変わっている。

ニコラも笑顔で、マルティンやセルゲイと冗談を言い合っている。身体も頭もくたくたに疲れて、一刻も早くベッドにもぐり込みたいが、それでも気分はいい。

赤身のステーキを、義務であるかのように口に運んで咀嚼する。食べなければ、これから二週間半も走れない。

ときどき、生き物としての能力を試されている気がする。たくさん食べて消化し、よく眠り、疲労を取る。ネガティブな気持ちもなるべく、身体に影響を与えないように処理する。

なるべく考えないようにするという選手もいるが、ぼくはネガティブな気持ちを覆い隠さず、それについてしっかり考えた方がよい結果になる。それは選手のタイプによるのだろう。

肉体的、精神的に強くあること。自転車に乗る技術と体力の他にも、それが求められている。

前の席に座っていたアルギの携帯電話が鳴った。電話に出たアルギが顔をしかめて、席を立った。レストランの外に出て行く。

アルギのことはときどき気にかけている。もちろん彼の行動をすべて見張っているわけではないが、レースの最中もときどき、彼に目をやるようにはしている。今のところ、彼がなにか怪しげな行動を取っているところは見たことがない。

ただ、彼はメネンコをよく見ている。彼の視線の先をたどると、いつもメネンコがいる。

アルギがメネンコにいい感情を抱いてないことはもう知っている。だが、メネンコへの脅迫者がアルギだとは思えない。

会話をしてみて知ったが、アルギはどちらかというと単純で、感情を隠せない男だ。なにか工作をして、人を陥れたりするような人間には見えなかった。

感情に突き動かされて、メネンコと喧嘩するようなことならあるかもしれないが、電話で脅迫するというのは、彼らしくない。アルギは関係ないのではないか。日増しにぼくはそう確信するようになっていった。

メネンコもアルギがやったと考えているわけではなく、自分を恨んでいる人間のひとりだから見張ってほしいと言っただけだ。

たぶん、彼ではない。

そう考えていたのに、レストランから出て行くアルギの後ろ姿を見たときに、なぜか胸騒ぎがした。

ちょうど、ステーキは食べ終えたし、デザートは別に食べなくてもいい。

「疲れたから、部屋に帰るよ」

そう言って席を立つ。

レストランを出て、ホテルのロビーでアルギの姿を探す。アルギはヒルダと一緒にいた。なにか口論をしているように見える。

ちょうど、近くにソファがあったので、そこに座って携帯電話を見ているふりをした。彼らに背を向ける形になるから、見つからないだろう。

スペイン語の口論が聞こえてくる。

「ねえ、もういい加減にして。アントニオには関係ないでしょう」

「関係ないなんて思えない。俺はおまえの兄なんだぞ」

「ええ、兄だわ。でも、だからって、わたしのことに責任を感じる必要なんてないし、無駄な荷物なんてしょいこまないで」

「無駄だなんて思っていない」

「無駄なのよ。わたしは兄さんの所有物じゃないし、わたしがなにをしようと兄さんには関係ない」

どうやら兄妹喧嘩のようだ。関係ないことに耳をそばだててしまった。ソファから立ち上がろうとしたとき、ヒルダはこう言った。

「ドミトリーのことは、もう忘れて」

「あいつを名前で呼ぶな」

息を呑んだ。ドミトリーはメネンコのファーストネームだ。

「わたしももう気にしないし、彼はただの薄汚れた悪党だわ。だから兄さんもさっさと彼のことは忘れて」

「そんなことはできない。俺はあいつを許せない」

吐き捨てるように言ったアルギのことばに、ヒルダの声が重なる。

「どうして……お願いだからもう考えるのをやめて」

気安く盗み聞きしてしまったことを後悔する。ドミトリーと呼ばれたのがメネンコのことなのかどうかはわからない。ロシア系にはありふれたファーストネームだ。

ヒルダがためいきをつくのがわかった。

「わたしは兄さんを愛してるわ。だから、おかしな真似だけはやめて」

アルギが声を詰まらせるのがわかった。

しばらくの間、沈黙が続いた。そのあと、ふたりはなにも言わずに別れた。アルギがレストランに戻り、ヒルダがホテルを出て行く。

ぼくはソファで動けずにいた。

それから四日間、第六ステージまでは波乱なく終わった。

いや、マイヨ・ジョーヌがエスパス・テレコムのハビエル・レイナから、ITTレーシングチームのヨナス・ハーマンに移ったから、そこは大きな変化だが、エスパス・テレコムは、あえて、平坦ステージで危険のない選手を逃がし、マイヨ・ジョーヌを手放した。

優勝候補を抱えていないITTにとっては、数日間だけでもマイヨ・ジョーヌを着られることは大きな誇りだし、チームの存在をアピールすることになる。そして、優勝候補であるエスパス・テレコムはその間、リーダーの役目から解放されて、力を蓄えることができる。

グラン・ツールではよく見る展開で、珍しいものではない。

四人の間のタイム差に変化はないものの、ニコラは落車も怪我もせず、なんとか一週目をのりきろうとしている。

伊庭は毎回、スプリント勝負に絡もうとしているが、今のところ、第一ステージの十位よりいい成績は出せていない。

だが、毎回スプリンターたちと並んで勝負をすることで、彼は自分の存在をアピールしている。最初は、レースであまり見かけない東洋人というだけの存在だったのに、少しずつ名前は知られ、話しかける選手も増える。

一度、顔馴染みのチームの監督に、「彼は英語かフランス語喋れるの？」と聞かれた。スカウトすることを考えているのかもしれない。

「話せますよ。来年はまだ決まってないらしいですよ」と答えた。

こういうとき、自分も決まってないことをアピールできればいいのだが、ぼくはまだそういうことが苦手だ。

まあ、伊庭に興味を持っているということは、欲しいのはスプリンターなのだろう。

ニコラはもうドニのことは口に出さない。偶然似た人がいたというだけならいいが、ニコラにショックを与えようとした誰かがいるかもしれないことは、忘れてはならない。

彼らは別の手段を使ってくるかもしれない。


そして、第七ステージがはじまる。

チーム・タイムトライアル。オランジュフランセは、この日、間違いなくタイムを失うだろう。

もともと、ニコラを含めて山を得意とする選手が多く、タイムトライアルは得意ではない。必ず負けることが決まっているステージがあるなんて、まるで人生だ。

だが、必ずくる、悪い一日に、いかに傷を浅くするかが、レースの勝敗を分ける。まだニコラは総合優勝が狙える位置にいる。

とはいえ、山で取り戻せる遅れは、せいぜい一分三十秒程度だろう。それ以上となると、上位の選手が勝手に崩れでもしない限り、難しくなる。

コースは四十二・八キロ。他の優勝候補から一分以上遅れないこと。それがぼくたちの目標だった。

悪い日になることはわかっている。だが、最悪の日にだけはしない。

8

ときどき、頭の中で誰かの声がする。

チカ、おまえはどこまで行くんだ、と。

冷静に考えれば、それは独り言みたいなものだ。自分で自分に問いかけている。

だが、ときどきその声に、聞き覚えがあるような気がして、はっとする。

監督の声だったり、ミッコの声だったりすることもあれば、過去にぼくの運命を変えたエースの声に聞こえるときもある。ときどき、ドニがぼくの耳元でささやく。

おまえはどこまで行くのだ、と。

幻聴ではない。ぼくはそれが頭の中に響いてるだけだということを知っている。その問いかけは自問自答と同じだ。

だが、ぼくにはその意味が理解できない。聞くたびにまったく別のことを問われているような気がする。

能力なのか、意志なのか、それとも覚悟なのか。

ぼくはどこまで行くことができるのだろう。

考えても仕方がないことはわかっている。どれほど強い意志を持っていても、怪我をしたり、身体を壊してしまえば走れない。ぼくがどこまで行けるかは、ぼく自身も知らない。

それでも、その声はぼくに問いかけ続ける。


第七ステージの朝、シャワーを浴びてバスルームから出ると、ニコラはもう部屋にいなかった。今日もこのホテルに帰ってくるから、荷造りはしなくてもいい。

ニコラの荷物が散乱している部屋を見回しながら、服を着る。

ぼくはいちいち荷造りするのが面倒だから、あまり荷物は広げない。ニコラは毎回、キャリーバッグの中のものを全部出してしまう。

毎日のようにホテルを移動するのに、面倒ではないかと思ったが、ニコラにしてみれば、必要なものだけを鞄から探し出すぼくのやり方のほうが、面倒くさく感じるようだ。

一週目も今日で終わりだが、ぼくもすっかりこの散らかった部屋に慣れた。

ニコラは昨夜、よく眠れただろうか。ミーティングのときから、表情が固く、神経質になっていることが伝わってきた。

今日さえ切り抜ければ、タイムトライアルはラストに一回。きつい山岳コースを終えた後で、しかも起伏の激しいコースだから、今日よりまだマシだ。

タイムトライアルが得意な選手は大柄で筋肉質だ。身体が重ければ、山岳では小柄な選手よりも消耗する。だから、後半のタイムトライアルは比較的クライマーに有利になる。

今日を乗り切れば少し楽になる。だが、今日失敗すればダメージは大きい。そんな日に緊張しないでいられる選手は少ない。

ベテランのミッコも、難しいステージの前にはぴりぴりしていて、話しかけることもできなかった。

よく眠れていればいい。疲労を回復させることがいちばん大事だ。

ホテルの部屋を出て、朝食のレストランに向かう途中、同じホテルに泊まっているコンチネンタルプロチームとすれ違った。

彼らは笑顔でじゃれ合いながら歩いている。彼らのチームには総合優勝候補はおらず、チーム・タイムトライアルで本気を出す理由もない。手を抜いて走るというわけではないだろうが、オランジュフランセのように必死にならなくてもいい。

一瞬だけ、彼らのことがうらやましくなった。

だが、彼らと代わりたいとは思わない。誰かを勝たせるために走るのでなければ、ぼくの存在意義などない。


今日のチーム・タイムトライアル、オランジュフランセに有利なところがあるとすれば、チームメイトが九人揃っていることだ。

優勝候補のエスパス・テレコムは、三人の選手がリタイアしているから、六人で走らなければならない。チーム・ラゾワルも二人、ミッコのサポネト・カクトも一人リタイアしている。

チーム・タイムトライアルは、五人目の選手がゴールしたタイムで、成績が決まる。

九人揃っているということは、四人までは途中で脱落してもかまわないということだ。昨日のミーティングでも、監督はその強みを最大限に発揮する作戦を提示してきた。

四人の選手は、ゴールまで全力で行くことを考えず、途中までの区間を必死で引く。力尽きてチームから脱落しても、制限時間内にゴールすれば失格にはならない。

山岳ステージと同じ戦い方だ。力尽きることを覚悟して、アシストの力を利用する。六人しかいないエスパス・テレコムはこの戦略は使えないが、タイムトライアルの実力で考えれば、それでも強敵だ。

レースの順番がくるまで、テントでローラー台を回して、ウォーミングアップする。このステージに力を入れていないチームは、ウォーミングアップもそこそこにスタート台に向かう。だが、最善の結果を出すためには、スタートした瞬間から全力を出せるように身体を温めなくてはならない。

二百キロ近く走る日とは、戦い方はまったく違う。四十二・八キロ。時間で言えば、たぶん五十分ほどだろう。それでも、ぼくたちには、普段走る六時間よりも長く感じられる。

チームメイトのニックがローラー台を回しながら言った。

「せめて十キロくらいならよかったのに……」

それならば、失うタイム差はせいぜい何十秒かですむ。五十キロ近いチーム・タイムトライアルでは、下手をすれば二分、三分の差がついてしまう。

ときどき、コースを定める主催者側がいちばんの敵のように思えることがある。第二ステージの石畳のときもそうだ。

ニコラは足を動かしながら、少しだけ口角をあげた。

「それでも、今年は純粋なタイムトライアルが一回だ。まだついている」

三回の年もあるから、たしかに今年はクライマーに有利と言えるかもしれない。今日を乗り切れば、攻めに転じることができる。

なにより、ニコラの口から前向きなことばが出たことにほっとする。チームメイトたちの顔からも険しさが消えてきた。

ぼくは大きく深呼吸をした。

アナウンスが、ヴォワチュール・ケベックのスタートを告げる。そろそろぼくたちもスタート台に向かわなければならない。

せめてゴールまでのわずかな時間、ネガティブな気持ちは箱に入れて鍵をかける。消し去ることはできなくても、抑え込むことはできる。


カウントがはじまる。

審判が指を出しながら、十から数えていく。九人が横一列になるスタート台で、ぼくはハンドルをきつく握りしめる。

タイムトライアルのための自転車は、普段乗っている相棒と違って、バーテープの手触りすらよそよそしく感じられる。

ロードレース用の自転車が相棒ならば、タイムトライアルのための自転車は、気位の高い野生の馬だ。

乗り心地を捨て、ただ空気抵抗を減らして速度を上げることのみを考えて作られている。こんな自転車で一日走れば、へとへとになる。一時間程度だから耐えられる。
六、五、四。
アイウェア越しにコースを見据える。観客が視界から消える。
三、二、一。スタート。
ぼくたちは、一塊で飛び出した。

狩りに出る肉食動物の群れのようだ。普段の練習や試走とはまるで違うスピードと緊張感で走り始める。

ぼくは真っ先に先頭に出た。チームメイトの中で、タイムトライアルに強いのはセルゲイとジュリアンだが、だからこそ、彼らはなるべく最後まで残した方がいい。

ぼくならば、最初に力尽きても脱落しても、致命的ではない。

呼吸をするのも忘れそうな勢いで、ペダルを踏む。地面の振動がそのまま尻や足に伝わる。気むずかしい雌馬のような自転車だ。

ときどき後ろを振り返る。チームメイト、特にニコラを置き去りにしたり、疲れさせたりしてしまえば、元も子もない。

アルギがぼくの前に出た。

それだけで、急に身体は楽になる。

集団は時速五十キロ近くで走っている。その先頭で走ることがどれほどの風圧を受けるか、体験してみなければわからない。

アルギは速度を上げた。縦長の陣形で、ぼくたちは走り続ける。

観客も、景色も視界から消える。見えるのはただ、遥か先まで続く道だけだ。

悪くない。他のチームのタイムはわからないが、そう感じる。やはり、試走をしたことがいい結果につながっている。知らない道を走るよりも、知っているコースの方がパフォーマンスは上がる。

アルギの次に、アルチュールが先頭に出る。ぐんと速度があがった。

切れるつもりだ、とすぐに気づく。持てるだけの力を出し尽くして、この区間を走り、集団から脱落するつもりだ。

明日は休養日だから、崩れ落ちるほど疲れてもなにも問題はない。一日休めば回復できる。力は使いすぎてもいけないが、温存しすぎてもいけない。

三千キロを走り抜く中、たった数秒が勝敗を分ける。アシストを使い潰す冷酷さも、エースには必要だ。

カーブを曲がるとき、ニコラの表情が見えた。彼は歯を食いしばっていた。

第一計測ポイントを過ぎてから、アルチュールが振り返った。たぶん、もう限界だ。ぼくがまた前に出る。

走る車の窓から手を出したときのような風圧が、全身に襲いかかる。

それに逆らうようにただ、ひたすらペダルを踏んだ。風の音が轟音のように聞こえる。

監督が無線で叫んだ。

「いいぞ！　第一計測ポイントはトップだ！」

そう聞くだけで、全身の血が滾《たぎ》る。ぼくだけではない。集団で走る八人が、同じ気持ちを共有している。

それはただの幻想かもしれない。だが、幻想という麻薬にでも頼らなければ、走り続けられはしない。

イバイが前に出る。ぼくは集団後方についた。ふくらはぎが重い。疲労は少しずつ蓄積されているが、まだついて行ける。

普段、集団で走っているときなら、会話をする余裕があるが、タイムトライアル中は難しい。ぼくはニコラの表情をうかがいながら走る。険しい顔はしているが、苦しそうではない。マルティンが後方で切れそうだ。今日、それほど力を使っているわけではないが、もともとタイムトライアルを苦手にしている。速度について行けなくなったのだろう。

これで、七人。使い捨てられるのは、あとふたり。

落車やパンクが起こることを考えれば、ぎりぎりの五人で走るのはリスクが高すぎる。このまま最後まで集団で行くことを考えた方がよさそうだ。

力を温存していたジュリアンが、先頭に出た。第二計測ポイントが近い。

速い選手が前に出ると、あきらかに速度が上がる。ぼくもペダルに力を込める。

「第二計測は二位だ！」

監督の声がイヤホンから聞こえた。

優勝候補は、オランジュフランセの後から走るから、二位でゴールしたからといって安心できるわけではない。だが、思っていたよりパフォーマンスはいい。少なくとも今日は最悪の日にはならないはずだ。

「速度は落とさず、慎重に行け！　クラッシュすれば台無しだ！」

相変わらず、監督は無茶を言う。だが、それを実行しなければ総合優勝は手に入らない。

コースは三分の二を過ぎた。後は、ジュリアンとセルゲイが交代で先頭を引く作戦だ。

アルギが遅れがちになる。もう最後までついてくるのは難しそうだ。これ以上、人数を減らすわけにはいかない。ぼくは必死で食らいつく。もともと、タイムトライアルは得意ではない。ジュリアンやセルゲイのペースについていくだけで必死だ。

走りながら、ヨーロッパにきた当時のことを思い出す。

あのころは、チーム・タイムトライアルで最後まで残ることすらできなかった。突風のような速度に驚いて、なんとか必死にしがみついても、途中で無残に振り落とされた。

少なくとも、今はしがみつくことはできている。

心拍数が上がる。早く終われ、と自分に言い聞かせる。山岳ならば苦しさの果てに見えるものはあるが、この速度は苦痛でしかない。

残り一キロを示す、フラム・ルージュが見えて、少しほっとした。この苦痛は永遠ではない。

感情も苦しさも、すべて抑え込んで、どこかに追いやる。ゴールした後、思う存分愚痴をはけばいい。

最後のカーブでイバイがスリップした。一瞬、ひやっとしたが、巻き込まれた選手はいない。

だが、これで五人。もうひとりも遅れることはできない。

最後の力を振り絞る。遠くに見えてきたゴールに意識を集中する。

ニコラが前に出た。スピードがまた上がる。チームカーから監督の声が響いている。

「行け！　行くんだ！」

心臓はもう限界だ。だが、それでもぼくはペダルに力を入れる。

今死んでも本望だ、とどこかで思う。わかっている。アドレナリンのせいで高揚しているだけで、ぼくの本当の意志ではない。

だが、その錯覚と高揚が、最後に背中を押す。

ゴールはもう目前だ。


五十二分三十七秒。

トップタイム。オランジュフランセ。暫定一位。

自転車に乗ったまま壁にもたれかかり、荒い息を吐きながら、その放送を聞く。疲れ切った身体では、フランス語を理解することすら難しい。

喉がひゅうひゅう鳴るほど、肉体はボロボロだが、気持ちだけは晴れやかだ。

最善は尽くした。少なくとも最悪の日ではない。

ぼくたちの後に走るチームはあと、五組。もちろん、彼らがオランジュフランセより速いタイムを出せば、ぼくらは六位に終わる。

だが、これまで走ったチームの中には、タイムトライアルを得意としているチームもある。悲観するような成績ではないはずだ。

少し先で、監督がニコラを支えて、なにか話しかけている。ぼくは彼らに近づいた。

「他のチームはどう？」

振り返った監督の表情は固かった。

「ラゾワルが想像以上に速い。第二計測地点で一位だ」

「タイム差は？」

監督は少し口ごもった。

「一分二十五秒」

息を呑んだ。第二計測地点はたしかスタートから三十五キロ。そこで一分以上の差をつけられるとは。

「この先失速するかもしれない」

監督が自分に言い聞かせるように言った。だが、ニコラは首を横に振った。

「失速しなければ、ゴールまでで二分以上差をつけられる」

総合で、二分三十秒以上のタイム差。この先、かなり不利な戦いを強いられることになる。

高揚感に水をかけられたような気分だった。

「サポネト・カクトとエスパス・テレコムは？」

「第一計測地点のタイムでは、どちらもラゾワルにはまったく届かない。うちより二十秒ほど速い程度だ」

ぼくたちが最高のパフォーマンスを出せたとしても、エスパス・テレコムとサポネト・カクトに勝てるとは思っていない。一分近い差がつくことは織り込み済みだ。だが、ラゾワルはあまりにも速い。

ゴール地点には微妙な空気が漂いはじめていた。チーム・プレゼンテーションのときと同じだ。誰もラゾワルの勝利を歓迎していない。それが突出した勝利ならばなおさらだ。

別のチームのスタッフが肩をすくめながら横を通っていった。

「もう、五年前に戻るのはまっぴらだ」

そう聞こえてくる。ぼくは息を吐いて、気持ちを落ち着けた。

そうだ。まっぴらだ。ラゾワルが不正をしている証拠などどこにもないが、この疑心暗鬼の空気だけでうんざりする。

ラゾワルがゴールに飛び込んでくる。五十分を切っている。四十九分五十二秒。異次元の速さだ。

下を向いて汗を拭っていたニコラの顔が歪んだ。


サポネト・カクトが五十一分二十二秒、エスパス・テレコムが五十一分五秒でゴールする。チーム力の高いエスパス・テレコムですら、一分以上の差をラゾワルにつけられている。

マイヨ・ジョーヌを獲得したのは、ドミトリー・メネンコだ。彼は全盛期と同じ笑顔で、表彰台に立った。全盛期と違うのは、まわりの空気だ。

誰もが冷ややかに、堕ちた王者の復活を見つめる。紳士的に拍手する者の方が多かったが、ブーイングも聞こえてきた。

メネンコは、ブーイングなど存在しないかのように笑顔で表彰台に立ち、慣れた手つきでシャンパーニュを開けて客席にぶちまける。夕方の柔らかい光を反射しながら、泡が飛び散った。

ポディウムガールたちと談笑する。王者らしい振る舞いだ。

ぼくたちはチームバスのテレビで、表彰式を見た。

精一杯のことはやって、結果も残したはずなのに、チームバスの空気は重い。精一杯やったからこそ、ぼくたちは疲れ果てているのかもしれない。なにもしくじらず、全力を出し切っても届かないのか、と。

ニコラが嫌な空気を振り払うように言った。

「少なくとも、ミッコ・コルホネンとハビエル・レイナとの差は一分三十秒前後に抑えた」

そう、そこだけなら上出来と言っていい。ドミトリー・メネンコと二分半以上の差がついていることを忘れられれば。

ニコラは続けた。

「メネンコは山で失速するかもしれない。年齢のこともある。三週目まで体力は持たないかもしれない」

ニコラの前向きな発言に、チームメイトたちもほっとしたような顔になる。そして、もうひとつ誰も口にしない可能性がある。

メネンコが検査に引っかかり、レースを追われるかもしれない。

ぼくは息を吐いた。こんな気持ちをいつも抱えながら走るのはごめんだ。

楽観的な発言をしているニコラだが、自分を納得させているようにも見える。チームメイトを力づけるために言っている一面もあるはずだ。

ラゾワルのタイムを聞いたときのニコラの歪んだ顔が頭から離れない。

三年前のニコラの顔を思い出す。

明るく、向こう見ずで、ただ走ることと勝つことの喜びに満ちていた。他のチームが一丸となってニコラを叩きのめそうとしても、それに屈することはなかった。

わかっている。ぼくだって、走ることの喜びを覚えた頃にはもう戻れない。ニコラだけに戻れというのは無理な話だ。

それでも失われたものを思うと、胸が痛くなるだけだ。

ニコラは続けて言った。

「今日のぼくらはうまくやった。そうじゃないか？」

そう。それだけは疑いようがない。

翌日は休養日だ。

休養日といっても、一日寝ていられるわけではない。早朝から、第八ステージのスタート地点であるエペルネーに移動する。バスに四時間も乗ることになるから、それだけで疲れる。自転車で走る方が、まだマシだと思うことがある。

次のホテルにチェックインしてしまえば、あとは自由時間だ。一時間ほどトレーニングをするものもいれば、休養日はまったく自転車に乗らない選手もいる。ぼくも身体を休めることに徹した方が、翌日以降の体調はいい。

第八ステージは平坦だが、第九ステージからはアルプスの山岳ステージがはじまる。ニコラにとっては、タイム差を縮めるチャンスだが、その分アシストの力も必要だ。

ラルプデュエズやガリビエ峠など、名だたる難所が待ち構えている。身体を回復させて、山岳ステージに挑まなくてはならない。

少なくとも、第八ステージの朝までには。

ホテルにチェックインすると、ニコラは取材のため、プレスセンターに出かけていった。スター選手はそれが大変だ。

ぼくも日本のメディアの取材は受けるが、数は限られている。部屋のドアを開けたまま、荷物の整理をしていると、ノックの音が聞こえた。

顔を上げると、アルギが開いたドアを拳で叩いていた。

「ニコラは？」

「取材だよ。夕方のミーティングまでには戻るだろう」

ニコラに用があるのかと思ったが、アルギは入り口に佇んだままだった。

「どうかした？」

「今日の夕食、なにか予定はあるのかい？」

「ないよ。ホテルでみんなと食べようと思っているけれど」

休養日は家族を呼んで一緒に過ごす選手も多いから、夕食に集まる選手はいつもの半分ほどだ。

「ヒルダと食事をする予定なんだ。一緒にこないか？」

「ぼくが？」

ヒルダは感じのいい女性だし、嫌ではないが、ぼくが誘われる理由がわからない。アルギは肩をすくめた。

「ヒルダとふたりきりになると、いつも喧嘩ばかりだ。誰かがいてくれると助かる」

たしかにこの間も口論をしているのを見た。

「チカとなら、日本の話ができてヒルダが喜ぶだろうから」

「ぼくはいいけど、ヒルダはＯＫしてるのかい？」

「もちろんだ」

それならば別にかまわない。アルギのことをもっと知りたいという思いもある。

「じゃあ、八時頃ロビーで。ヒルダがレストランを探してくれている」

そう言った後、アルギははにかんだように笑った。

「まったく、フランス人は夜が早くて困る」

「スペインではもっと遅いからね」

正直言うと、スペインでの生活でいちばん困ったのが、夕食の遅さと宵っ張り文化だった。十時頃から夕食をはじめることも当たり前、パーティに顔を出すと盛り上がるのは深夜四時頃といった具合だ。

日本では七時に夕食を食べて十一時には寝ていたと言うと、チームメイトからは、子供のようだと笑われた。

フランスでも、八時か九時くらいから夕食をはじめることが多い。さすがにもう慣れたが、早いとまでは思わない。今でもひとりのときは、七時頃に食べる。習慣というのはなかなか変わらないものだ。

アルギが去ったあと、かすかな罪の意識を感じた。

ぼくがメネンコから、彼を見張るように言われていることを知ったら、彼はどんなふうに思うだろう。

八時にロビーに降りると、ヒルダが待っていた。胸元の切れ込みの深い黒いドレスと真っ赤なパンプス。気後れしてしまうほどの華やかさだ。

「アントニオは車で待ってるわ。行きましょう」

見れば、ホテルの入り口に白いルノーが停まっている。レンタカーのようだ。

「ここから、二十分くらい行ったところに、いいレストランを見つけたの」

ぼくもアルギもスポンサーから支給されたスポーツウェアだから、あまりいいところに行くのは気が引ける。

「こんな格好で大丈夫かい?」

「大丈夫よ。ツールに出場している選手ですもの」

ツールは競技でもあり、一方で祭りでもある。レースの前には、華やかに飾り付けられたスポンサーの車がパレードをして、お菓子や記念品を撒く。レースに興味がなくても、子供たちはそれを待ち構えている。

ツールが自分たちの街を通ると聞けば、多くの人々がそれを楽しみに待つ。百年以上続いたレースだからこそだ。

ヒルダが運転席に座り、発車させた。アルギが助手席、ひとり後部座席に座っていると、少し居心地の悪さを感じる。

「兄妹の時間の邪魔にならないといいんだけど」

そう言うと、ヒルダは肩をすくめた。

「いいのよ。どうせふたりだと言いたいことを言って険悪になってしまうの。だれかがいてくれた方が助かるわ」

ヒルダが兄と同じことを言うので、思わず笑った。先日言い争っているところを見てしまったが、兄妹仲は悪いようには見えない。仲が悪ければ、ヒルダがレース先までついてくることなどないだろう。

車が到着したのは、街から離れた一軒のガーデンレストランだった。ライトアップされた庭に椅子とテーブルが並んでいて、だいたいが埋まっている。

予約をしていたのだろう。ヒルダがギャルソンになにか言うと、奥の空いたテーブルに案内された。

メニューにはおいしそうな料理が並んでいるが、ぼくが選べるものは少ない。前菜にサラダ、メインは鶏の胸肉を塩胡椒でグリルしてもらうことにする。アルギは、赤身のステーキを頼んだ。

ヒルダは、フォアグラのパテと鴨のコンフィを頼んでいる。彼女は赤ワインも頼んだ。

「運転はいいのかい？」

「帰りはアントニオが運転するわ」

ぼくもレース中はアルコールは飲まない。ガス入りのミネラルウォーターを注文する。

最初はヒルダの日本留学についての話を聞いた。

ヒルダが日本語で話そうとするので、「スペイン語でいいよ」と言う。しばらく使っていないから、ぼくのスペイン語は錆び付いているが、話を聞くのなら問題はない。

兄妹は楽しげに話をしていた。かすかなぎこちなさは感じるが、嫌な感じは受けない。仲のいい兄妹なのは事実だが、なにかがふたりを隔てている。

会話を続けるうちに、ぼくの口からもスペイン語がするする出るようになってきた。

ことばというのは不思議だ。使わなければすぐに劣化していくのに、また使い始めれば、あっという間に回路がつながっていく。

レストランの入り口がざわついた。自然に目をやったぼくは息を呑んだ。

サングラスをかけた長身の男が入ってくる。メネンコだった。一緒にいるのはチームメイトのマーシェルだ。他に女性がふたり。

ヒルダもぼくの視線に気づいたらしかった。顔色も変えず、ぼくに目配せをする。

なにも言うな。彼女の目線から、その信号を読み取る。

ヒルダはアルギの気を逸らすためか、去年のバカンスの話を始めた。紅海に面したリゾート地の話だ。

「とても素敵だったのよ。今度、家族で行きましょう」

「俺が引退したらな」

この仕事をしている限り、人と同じ時期にバカンスを取るのは難しい。シーズンオフは冬だ。メネンコは離れたテーブルに案内された。それを確認してほっとする。これだけ離れていればお互い気づくことはないだろう。

メイン料理を食べ終わり、デザートが運ばれてくる。ぼくはデザートは食べないつもりだったが、シナモンをかけたオレンジとベリーを出してくれると聞いて、それを頼んだ。ヒルダはムース・オ・ショコラをうっとりしながら食べているし、アルギもクレームカラメルを食べている。

ふいに、テーブルに影が差した。

顔を上げると、メネンコが立っていた。息が止まりそうになる。ヒルダも青ざめていた。

ぼくに話しかけにきたのかと思った。だが、メネンコはぼくの顔さえ見ず、ヒルダに話しかけた。

「やあ、ハニー」

ヒルダは顔を背けた。肩が小刻みに震えている。アルギはぽかんとした顔でメネンコを見上げていた。

ヒルダに無視されて、メネンコは笑った。それ以上なにも言わずに、自分のテーブルに戻っていく。

アルギが、膝の上のナプキンをテーブルに投げつけた。

「ふざけやがって」

立ち上がろうとする彼の手を、ヒルダがつかんだ。

「お願い、アントニオ、やめて」

「あいつ、なにを考えて……」

「もめ事を起こさないで。チームに迷惑がかかるわ」

アルギは息を吞んだ。そのまま立ち上がってレストランを出て行く。

「アルギ……！」

追おうとしたが、ヒルダに押しとどめられた。

「お願い、そっとしておいてあげて」

アルギの立ち去ったテーブルでヒルダと向かい合う。なにを話していいのかわからず、水を何度も飲む。ヒルダが小さく息を吐いた。

「なにがあったか聞かないの？」

「聞いていいのかどうかわからない」

ヒルダは鼻で息を吐いて笑った。

「たいしたことはないわ。六年前かな。わたしはまだバカなティーンエイジャーで、スター選手に声をかけられて、有頂天になったというだけ」

ヒルダの華やかさを思えば、不思議な話でもない。

「仲間内のパーティに誘われて出かけて、彼に言われるまま、興味本位でマリファナを吸った。朦朧としたわたしを、彼は置き去りにして先に帰ったの。それだけのこと」

それがどういう結果を生むのか、わからないほど鈍感ではない。

ぼくの顔色を見て、ヒルダは唇を歪めた。

「わたしは、彼の仲間のお楽しみのために提供されたってわけ」

「なんてことだ」

「もう終わったことだわ。バカだったのはわたし。わたしはその報いを受けただけ。でも、アントニオはドミトリーのことがまだ許せない」

ヒルダが愚かだったとは思わない。だが、アルギの気持ちはわかる。彼は妹を大事に思っている。

「彼が逮捕されて、タイトルを剝奪されて、やっと少し忘れることができたのに、彼はまた戻ってきた。そして黄色いジャージを着ている」

アルギの怒りと憎しみは容易に想像できる。

ヒルダはためいきをついた。

「わたしもあの男を許すつもりはない。でも、わたし、アントニオにバカなことはしてほしくないの。そんなことがあったら、わたし、もっと自分を許せなくなる」

ヒルダの手が、ぼくの手を握った。

「お願い。アントニオに注意を払って。彼がバカなことをしないように見張っていて。もし、なにかあったら、彼を止めて」

なんてことだ。ぼくは心の中で嘆息する。

メネンコが同じことをぼくに頼んだと知ったら、彼女はどう思うだろう。

しばらく待ったが、アルギは帰ってこなかった。タクシーかなにかで帰ったのかもしれない。ぼくたちはホテルに帰ることにした。念のため、ヒルダがアルギにメールを打った。

ヒルダは大して酔っていないと主張したが、飲酒運転の同乗者として捕まるのは困る。帰りはぼくが運転することにする。車はたまにしか乗らないが、都会の道ではないので大丈夫だ。野ウサギやキツネを轢かないようにだけ気をつける。

ヒルダは助手席に座ると、うとうとと眠りはじめた。

ぼくは暗い道を走りながら、考える。

なぜ、メネンコはヒルダに声をかけたのだろう、と。

9

何年か前までは、一日休めば元気になった。

休養日の翌朝は、すべてのパーツを入れ替えて全身が真新しくなったかのように爽やかだった。

今は、身体の芯にまとわりつくような疲労感が残っている。

まったく嫌になる。普通の職種ならば、三十歳で老いを感じることなどないはずなのに、アスリートにはそれが何倍もの早さで近づいてくる。

あと五年やれれば、御の字だ。その後どうなるかなど、想像もできない。監督やコーチにも簡単になれるはずはない。

少なくとも今は、そんなことを考えている時間などない。

だが、考えようとしなくても、目覚めたときの朝の身体の重さで否応なく知らされる。ぼくはもう若いわけではないのだと。

今はまだ、なんとか取り繕える。

ぼくよりも年上の選手だってたくさんいるし、体力の衰えは経験で補える。だがいつか、それで補いきれなくなる日がくる。疲労回復のサプリメントをどんなに飲んでも追いつかない。

枕元に置いたミネラルウォーターを喉を鳴らして飲んだ。

いくらポンコツでもこの身体で走り続けるしかない。

今日から二週目がはじまる。


第八ステージはエペルネーからメスまでの平坦ステージだ。

翌日からアルプスに入るから、たぶん、総合での変動もあまりないはずだ。総合優勝を狙うチームは体力を温存しようとする。

その分、アルプスに入ると戦えないスプリンターたちが勝負に出る。勝ってレースを去りたい選手も多いはずだ。

この後も、平坦なステージは三日ほどあるが、山で体力を消耗してしまえば戦えない。さっさとリタイアして、別のレースに出る方がスプリンターたちには効率がいい。

残るのは、最終的なスプリンタージャージ、マイヨ・ヴェールを目指すものと、山岳を乗り越えて、残りのステージでも勝とうとする選手だけだ。

伊庭はどうするのだろう、と、少し考えた。

まったく山岳が走れないというわけではないが、消耗は激しいはずだ。完走は記録に残るから、完走を目指すかもしれない。

かつて同じチームにいたことはあるが、こういうとき彼がどう考えるかはよくわからない。感傷的ではなく合理的な判断をすることは間違いないだろうが、わかるのはそれくらいだ。

ただ、今日のステージは本気で狙ってくるだろう。アルプスを三日間越えた後にも平坦ステージはあるが、彼はレースでアルプスに挑むのは初めてだ。リタイアせずに越えられるかどうかもわからないし、どれほど体力が奪われるかもわからない。

ならばなんとしても今日勝ちたい。伊庭なら必ずそう考える。

もし、今日ステージ優勝を挙げることができれば、彼の名は日本のロードレース界に永遠に残る。ぼくがこれまでヨーロッパで走ってきた実績など、簡単に塗り替えられてしまう。

アシストという役目には誇りを感じている。だが、どうやってもアシストでは手に入らないものがある。

伊庭はそれに手を伸ばそうとしている。

ぼくは首を振って、邪念を払った。よくない傾向だ。伊庭が勝利を目指そうが、本当に勝とうが、ぼくのやることに変わりはない。

ぼくはアシストとしてここにいる。


ホテルから一歩出ると、鋭いほどの光が目に飛び込んできた。

空には雲ひとつない。今日は快晴だ。

ぼくは、ポケットに入れていたサングラスを取り出してかけた。夏の一時期だけのまぶしい空は、欧州に住む人たちがなによりも愛しているものだ。

八月も半ばを過ぎれば、秋の気配が漂いはじめ、九月になれば薄手のコートを着る人も見かけるようになる。この土地にとって、太陽はなにものにも代えがたい恵みだ。

だが、今日は暑くなる。三十五度を超えるという予報だった。

この太陽に苦しめられることになるのは、明白だ。二百七キロは決して長すぎる距離でもないし、途中にあるのは四級山岳だけだから、脱落することはないだろうが、この暑さはじりじりと選手たちの体力を削る。アスファルトが暑さで溶ければ、スリップもしやすくなる。

まったく、一日たりとも楽な日などない。

だが、スプリンターたちの緊迫感にくらべれば、ぼくたちなど気楽なものだ。今日は、ニコラが総合上位にいる選手たちに遅れずにゴールさえすればいい。

明日からの山岳にそなえて体力は温存するが、そうでなければ集団から飛び出して逃げに入ってみてもいいくらいだ。

スタート地点のヴィラージュで、出走リストにサインをしていると、伊庭がやってくるのが見えた。チーム・ラゾワルの選手と一緒ではない。険しい顔で、サインをする選手たちの列に並んでいる。

伊庭がサインを終えるのを待って話しかけた。

「今日は狙うのかい?」

他のチームの人間には聞かせたくない情報だろうが、日本語のわかる選手などほとんどいないし、オランジュフランセにはスプリンターはいない。

伊庭は憮然とした表情のまま答える。

「平坦ステージを狙わないスプリンターなんているのか?」

たしかに愚問だった。総合を狙う選手やアシストたちと違って、スプリンターが勝負できるステージは限られている。展開によって、あきらめることはあっても、走り出す前から勝ちを考えていないスプリンターはいない。

伊庭は小さく舌打ちをした。

「アルプスに入る前に、一勝をあげてリタイアする計画だったのに」

それを聞いて少し驚く。そうはっきりと断言するとは思わなかった。

「完走は狙わないのか？」

「アルプスとピレネーを越えて、手に入るのが完走だけじゃ割に合わない」

ぼくは苦笑した。ぼくの知る限り、彼は山でもそれなりに走れる。ワンデーレースでの山岳ならば、食らいついていく。だが、消耗は激しいのだろう。そこがクライマーとの違いだ。

伊庭はかすかに声をひそめた。

「最後までいるつもりはない。第十二ステージまではいるかもしれないが、たぶんそこで帰る」

「ああ……」

伊庭がそういう理由もわかる。アルプスを越えたあと、第十二ステージにはまた平坦なコースがあるから、そこでスプリンターにもチャンスはある。そして、多くのスプリンターはそこで帰るのではないかと言われている。

第十三ステージには、モン・ヴァントゥの山岳ステージがある。ツールでは何度も使われている超級山岳。死の山という別名すらある厳しいコースだ。

「実は、移籍の話もきている。来年に繋ぐことはできた」

「プロチーム？」

「ＩＴＴだ」

一流のチームだ。まだ勝利を飾ったわけではないが、これまでの伊庭の走りを見て、見込みがあると思われたのだろう。

「まだ返事は保留にしているけどな」

「どうして？」

ぼくならば飛びつく。プロチームならば、コンチネンタルプロチームよりも、大きなレースに出られる機会は多い。

「勝てれば、契約を有利に進められる。少なくとも今日のステージが終わってから返事をする」

そう言ってから、伊庭は吐き捨てるように言った。

「こんなところ、さっさと抜け出したい」

はっとした。

彼の言う「こんなところ」が指しているのは、たぶんレースそのものではない。たとえ山岳ステージが続こうが、走るべき理由があれば伊庭は走る。

「ラゾワルか」

「そうは言っていない」

ことばを濁したのは、日本語がわかる人間が近くにいるとでも思ったからだろうか。だが、否定はしなかった。

ヴィラージュに、メネンコと、ほかのラゾワルの選手が現れた。それだけで空気がまるで変わる。

ヒルダのことを思い出し、胸に苦いものがこみ上げる。

メネンコがどんな男か、そしてアルギがなぜメネンコを恨んでいるのかは理解したが、依然、ぼくとメネンコの利害は一致している。

ぼくはアルギに、復讐などさせたくはない。

少し前までは、レース期間だけでもと思っていたが、今は違う。レース期間に関わりなく、アルギが暴力に手を染めることは防ぎたい。メネンコを好きになれと言うつもりはないが、復讐はヒルダをよけいに傷つける。

不思議だった。メネンコへの印象は最初に会ったときとはまるで変わったが、やることは変わっていない。

ぼくがアルギに自分から話しかけたり、親しげに振る舞ったのは、メネンコから彼を見張るように言われたからだ。もし、そのきっかけがなかったら、アルギと食事に行くことも、ヒルダと知り合うこともなかったかもしれない。

チームメイトだから、いずれ仲良くなったかもしれないし、そうなれば、日本に関心のあるヒルダを紹介されたかもしれないが、選べなかった未来のことはわからない。

ぼくは、怒りと苛立ちを抱えながらも、メネンコと共犯者であり続けるしかない。


フラッグが振られて、レースが始まる。

今日の集団は穏やかだ。波乱を望んでいる選手は少ない。

総合優勝を狙うチームは、明日以降のために体力を温存したいと思っているし、スプリンターを抱えるチームは、集団ゴールを望んでいる。どちらでもないチームが、逃げ出してかき乱すことを考えても、きっと数で抑え込まれるだろう。

序盤で何人かがアタックし、逃げグループができたが、脅威となるような選手はいない。あくまでも予定調和の逃げだ。

暑さのせいもあるのだろう。この気温は、戦う意志も奪っていく。

まあ、戦うべき時がくれば、三十五度の気温であろうが、豪雨であろうが戦わなければならない。

だが、今日はぼくにとってその日ではない。

ゴール手前、四キロを切ったあたりで、プロトンは先行集団を呑み込んだ。

炎天下の中、長時間逃げ続けたコンチネンタルプロの選手たちが、拳をぶつけあって、自分たちの健闘を称える。

その美しい風景を横目で見ながら、プロトンは獣に変わる。

スプリンターを抱えるチームたちの位置取りがはじまったのだ。

少しでも前に行きたいと思う選手が増えれば、自然と速度は上がる。これまで一塊で進んできた集団が細く長く伸び始める。

危機を避けようとするものたちは自然と後方へ下がっていき、コンマ数秒の速度を競うものたちが前に出る。

伊庭がぐっと、顎の汗を拭うのが見えた。彼は怒声を浴びながら、前に進んでいく。

行け、と祈った。なぜか、これまで感じていた苛立ちも嫉妬も消えた。

たぶん、伊庭は今、音のない世界にいる。怒号も、チェーンの音もなにも聞かないまま、ただ、数キロ先のゴールを目指している。

勝てるかもしれないということよりも、その方がうらやましかった。

集団の速度がまた上がる。まるで火を噴く龍だ。

力のないものは振り落とされて尾になる。ただわずかなスプリンターだけが炎のように吐き出される。

伊庭の姿はもう見えない。それでも、なぜか彼の近くにいるような気がした。

たぶん、幻覚だ。だが、幻覚でも見なければ、三千キロは走れない。冷静なまま力尽きるよりも、幻覚に支えられながら完走する方がいい。

本当にアスリートというのは因果な人種だ。


先頭でゴールを切ったのは、ベルギーのスプリンター、ダロワだった。

残念な気持ちは感じるが、それより先に「やっぱり」と思った。ツールの勝利などそう簡単に手が届くものではないのだ。

いつか、日本人が勝つ日がくるかもしれない。だが、それはぼくたちよりも後の世代の仕事だ。

そう思った瞬間、アナウンスが伊庭の名前を呼んだ。

二位だ。そう気づいて息を呑んだ。

自分もゴールを切って、伊庭の姿を探す。彼はゴール脇にくずおれていた。自転車が投げ出されている。

ゴール地点のモニターに勝負の瞬間が映し出される。

ほとんど同時だった。わずか、数十センチの差で、ダロワの自転車が前に出ている。

ぼくは伊庭に駆け寄った。

彼はぼくの顔を見て吠えた。必死だったのだろう。唇の端には泡が浮いていた。

「畜生。あと少しだったのに！」

そう、ほんの少し。手を伸ばせば届く位置に勝利はあった。

「でもすごいじゃないか。二位だ」

こんな位置までできた日本人はいない。

「二位と一位じゃ全然違うんだよ！」

知っている。その違いは残酷なほどだ。優勝すれば歴史に残るが、ステージ二位の選手の名前など誰も知らない。表彰台に立つこともできない。

「朝言ってただろう。優勝できなくても、ここまで頑張れば、有利な条件でＩＴＴと契約できる」

そう言いかけたぼくのことばを遮って、伊庭は叫んだ。

「契約なんて知るか！」

ないのだろう。

あまったボトルを差し出すと、伊庭は水を飲まずに頭からかぶった。身体が火照って耐えられ
「帰らねえぞ！　こんな状態で帰れるか！」

そう言い出す伊庭に、ぼくは微笑んだ。

自分の不甲斐なさに腹を立てて、やる気が出るならば健全だ。

「それはよかった。アルプスの景色は素晴らしいよ」

そう言うと、伊庭は毒気を抜かれたような顔をした。


ホテルに帰って荷物を整理していると、ドアをノックする音がした。

ドアを開けると、アルギが立っていた。

「ニコラは？」

「取材に出かけている」

ニコラを見ていると、本当にスター選手というのは大変だと思う。スポットライトを浴びる幸福ももちろんあるだろうが、ぼくならば煩わしさも感じる。

伊庭もあのあと、日本のメディアに捕まっていた。機械的に順位を報じるだけだった日本の新聞も、さすがに大きく扱うのではないだろうか。

アルギがなにか言いにくそうにしているから、ドアを大きく開けた。

「入れば？　ニコラはさっき出て行ったところだから、まだ帰ってこないよ」

アルギは素直に入ってきた。ニコラのベッドに腰を下ろす。

「昨日はすまなかったな。俺が誘ったのに」

「いいよ。事情はヒルダから聞いた。気分が悪くなるのも無理はない」

アルギは唇を嚙んだ。

「あの後、しばらくあのあたりをうろついて頭を冷やしていた。自分がなにをするかわからなかったから、帰れなかった」

「ホテルには帰れたの？」

「ああ、途中で知り合いの記者に会って、車で送ってもらった」

それはよかった。大人がまさか帰り着けないということはないだろうと思ってはいたが、今日、朝食会場でアルギの顔を見るまでは少し心配だった。

「心配をかけてすまなかった」

「ぼくは気にしてないよ。ヒルダにはメールした？」

「ああ、ホテルに帰ってから電話した」

しばらく沈黙が続く。おせっかいかもしれないと思いながら、口を開いた。

「ヒルダが心配していた。きみが、頭に血が上ってメネンコに殴りかかるんじゃないかと……」

「殴れるものなら、殴りたいさ。殺せるのなら殺したい」

「それはみんなに迷惑がかかるよ。ヒルダだって、自分のせいで兄が犯罪者になるのなんか見たくないはずだ」

アルギはしばらく黙っていた。指だけをひっきりなしに組み替える。

「俺のせいで、ヒルダは警察に行けなかったんだ」

「え？」

「ボロボロになって帰宅して、あいつは真っ先に警察に連絡をしようとした。マリファナは咎められるが、それでも自分に乱暴したやつらを警察に訴え出ようとしたんだ。だが、両親がそれを止めた」

なぜ、と聞くことはできなかった。体面を気にする人たちはどこにでもいる。

「メネンコに恨みを買うと、俺が報復されると両親は思った。まあ、実際報復されたかもしれないがな。全盛期のあいつは、自分に逆らう人間を許さなかった」

ふいに、ウィルソンのことが頭をよぎった。

メネンコがウィルソンに手を差し伸べたのは、その頃の罪滅ぼしなのだろうか。

「俺が、ヒルダになにがあったのかを知ったのは、一年後だったってわけだ。まったく情けない。いい兄のつもりでいたのに、あいつがそんな目に遭っていたことに気づくこともできなかった」

だから、アルギはメネンコのことがよけいに許せないのか。

「ヒルダは復讐なんかしてほしくないと思っている。それは尊重してあげてほしい」

立場を逆にしてみればわかるはずだ。愛する家族に罪を犯してほしいと思う人などいない。

アルギは、息を吐いて、前髪を掻き上げた。

「日本人は仇討ちをするって、ヒルダに聞いたことがあるぞ」

その口調はあきらかに冗談を言うときのものだったから、ぼくは笑った。

「百五十年前まではね。今は仇討ちも腹切りもないよ」

昔だって、誰もがやったわけではない。仇討ちの成就が物語になるということは、それが珍しかったことの証明だ。

ヒルダのような女性が、なぜ封建時代の物語を研究するのだろうと思っていたが、彼女だってぼくが想像するほど自由なわけではないのかもしれない。それを思うと、少し重苦しい気持ちになる。

アルギはためいきをついた。

「わかってる。ヒルダがそれを望んでいないことは。だが、メネンコの顔を見ると自分を抑えられなくなる。どうして、あいつは報いを受けないんだ。今でもあんなふうにスターのような扱いを受けているんだ。そう思って、頭が熱くなるんだ」

「そうだな……」

彼にはカリスマ性があり、スターらしい振る舞いに慣れている。ただ、それだけのことだと信じたい。

だが、ぼく自身も彼と向き合ったとき、惹きつけられるのを感じた。ヒルダやアルギの話を聞いた今では、彼に近づこうとは思わないが、知らなければ親しみも感じたかもしれない。

自分に人を見る目がないとは思わない。事実、メネンコはこれまで多くの人を欺いてきた。

アルギは両手で髪をかき回した。彼自身、自分の荒れ狂う衝動をもてあましているようだった。かっとして自分が抑えられなくなるのは危険だ。ぼくは感情の起伏が緩やかな方だから、そんな経験はないが、かつてのチームメイトに、暴力的な衝動を抑えられない人間がいた。

その男のトリガーは酒で、酔っ払って暴力事件を起こし、チームを解雇された。その後、自分の妻に訴えられて、彼が妻にも暴力をふるっていたことを知った。

アルギはレース期間は酒を飲まない男だから、その点は安心できる。

アルギのトリガーは、たぶんメネンコと会うことだ。ツールが終わり、メネンコと接点がなくなってしまえば、わざわざアメリカまで押しかけていくようにも見えない。

メネンコがツールの間だけ、アルギを見張っていてほしいと言ったのは、的確だったというわけだ。

「自分を抑えられないかもしれないと思うなら、メネンコには近づかない方がいい。誰も幸せにならない」

そう言うと、アルギは小さく頷いた。


第九ステージから、いよいよ山岳がはじまる。

マコンからコル・ド・リシュモンまでの百七十四キロ。二百キロを越えるステージが多いことを考えれば、長い距離ではないが、三つの山岳と山頂ゴールという厳しいステージだ。

特に、ふたつ目のコル・ド・グラン・コロンビエールは平均勾配七パーセントを越える超級山岳だ。十パーセント近い勾配を延々と上り続けなくてはならない。

過酷な一日だが、今日だけが過酷なわけではない。第十ステージには、ラ・トゥッスイールの山頂ゴールがある。

二日続けての山頂ゴールは、総合優勝の行方を大きく揺るがすはずだ。

だが、山の得意なニコラにとっては、この二日間は大きなチャンスだ。レイナもミッコも、ニコラを警戒してくるはずだ。そして、マイヨ・ジョーヌのドミトリー・メネンコも。

総合上位の中で、いちばん山岳が得意だという意味ではニコラはチャンスだが、確実にマークされて、しかもメネンコから三分の遅れを取っているという意味では難しいステージになる。総合上位の選手は、アタックをする必要がなく、ニコラのアタックを潰すだけでいい。

その日の朝、ニコラの表情は明るかった。ようやく、得意なステージで走れる。その気持ちがかすかに赤らんだ頬から感じられた。仲のいいアルチュールと笑いながらじゃれているところを見て、少し驚いたほどだ。

ツールがはじまってから、彼が子供のように笑っているところをはじめて見た気がする。やんちゃ坊主のプチ・ニコラの顔が戻ってきた。彼が明るくなると、チームの空気も変わる。

きっと行ける。誰もがそう信じた。

過去に信じて裏切られることが何度あったとしても、人は信じたいものを信じるのだ。

予想したとおり、今朝はスプリンターが四人、レースを去った。

第一週で見事な勝利を飾った選手もいれば、勝てなかった選手もいる。山を越えてまでも、残り少ない平坦ステージに賭けるよりは、さっさとリタイアして次のレースを狙う方がいいと考えたのだろう。

宣言通り、伊庭はまだ残っていた。手を振ると、眉間に皺を寄せて首を振った。

どうやら、はじまる前から厳しいコースにげんなりしているようだ。

スプリントステージでぼくたちが息をひそめていたように、今日はスプリンターやタイムトライアルのスペシャリストたちが息をひそめる番だ。グルペットという完走だけを目指すグループを作り、前方集団から遅れてゆっくりと上る。

ぼくも体調が悪くて、グルペットで上ったことが何度かあるが、前方集団とはまったく雰囲気が違う。誰も飛び出したりはしないし、位置取りの競り合いもない。たまに観客が自分の贔屓の選手を後ろから押したりしても、やりすぎなければ、審判も目くじらを立てない。

そういうところは、やはりラテンの国のスポーツだと思う。日本ならば、たとえグルペットでもそんなことは許してもらえないだろう。

もちろん、グルペットといえども完全に気は抜けない。

制限時間があるから、それまでにはゴールしなければならないし、グルペットからも力尽きて脱落する選手はいる。彼らは、ヴォワチュール・バレと呼ばれる怪我人や脱落した選手を回収する車に乗って、レースをリタイアする。

世界でいちばん過酷なスポーツと呼ばれる一方で、どこか緩い部分もあるのが、サイクルロードレースのおもしろいところだ。

それとも、過酷だからこそどこかを緩めなければやっていけないのか。

コース前半は、ほぼ平坦だ。これまでと変わらず、何人かが逃げて、集団がそれを追う。

今日の逃げ集団は大きかった。十五人もの選手が次々と飛び出したのだ。

レースをコントロールする立場のチーム・ラゾワルも、彼らの逃げを容認した。たとえ逃げられても、後半にある山岳で捕まえられると考えたらしかった。

気がつけば、ニコラが横にいた。

「ベレンソンが逃げたみたいだね」

アンドレア・ベレンソンは、サポネト・カクトの若手選手だ。ぼくが移籍した後、今年からチームにやってきた。今回のツールで序盤からマイヨ・ブラン——新人賞のジャージを着ているから顔は覚えたが、話はしたことがない。リトアニア人だというから、何語で話しかけていいのかもわからない。

金髪の背の高い選手だった。少し女性的で美しい顔立ちをしている。リトアニアは美人が多いという話も聞いたことがあるが、それは男性も同じなのだろうか。

「ベレンソンは強いよ。警戒しないと」

「知ってるのかい」

「クレディ・ブルターニュのユースチームにいた。クライマーだ。すごい才能だと監督が言っていた」

それを聞いて、ぼくは笑った。ニコラが不思議そうな顔になる。

「どうかした？」

「いや、どんどん新しい才能が出てくると思ってね」

ニコラが現れたときも、まぶしくて目がくらむようだと思った。才能と若さ、エースとしてグラン・ツールを走るほどの才能もなく、若さも失われつつあるぼくにとっては、どちらも渇きを覚えるほどうらやましい。

だが、ニコラの後からも次々と才能を持った選手が現れる。ぼくなどはじき飛ばされてしまうはずだ。

「ベレンソンはまだ勝利を挙げていない？」

「小さなレースではいくつも勝っている。だが、グラン・ツールはこのツールがはじめてだ」

つまり、チーム・ラゾワルは彼のことを認識していない可能性がある。資金力はあっても急ごしらえのチームで、中心人物であるメネンコにはブランクがある。

「警告しておいた方がいいかもしれないな」

ぼくのつぶやきに、ニコラは頷いた。

「ぼくもそう思う」

今、レースをコントロールしているのは、マイヨ・ジョーヌを抱えるラゾワルだ。彼らがレースの力配分を間違えれば、有力選手をゴールまでに捕まえられないこともある。

山岳では、五分や六分の差が簡単についてしまう。集団にいる選手みんながダメージを負う。もちろん、オランジュフランセが前に出て先頭を引いてもかまわないのだが、あえて力を使うことはない。その義務があるラゾワルにまかせればいい。

ちょうど近くにジェレミー・イェンがいた。ぼくは彼の横に並んだ。

「今、逃げ集団にいるベレンソン、どうやら要注意らしいよ」

無線で聞いてみたが、現在の順位は十三位。タイム差はトップのメネンコから六分。大きいようだが、大逃げを企てれば取り戻すことができる。

ベレンソンにとっての利点は、まったくマークされていないことだ。ニコラやミッコが大逃げをすることなどできないが、彼ならできる。

「へえ、そうなの？　はじめて聞くけど」

イェンもどうやらベレンソンのことは知らないようだった。

ベレンソンにとってのアドバンテージはもうひとつある。彼はミッコのチームメイトだ。上位の選手同士が共闘すれば、より大きな効果を上げることができる。

無線から、声が聞こえてくる。

逃げ集団とのタイム差は十七分。それを聞いて、ぼくは眉間に皺を寄せた。あまりにも逃がしすぎだ。たぶんラゾワルは、逃げ集団の選手たちを侮っている。

「早めに捕まえた方がいい。ベレンソンはクライマーらしい」

山に入る前にその気になれば、集団の方が早い。だが、登りに入れば個人の能力差が大きくなる。

イェンは目を細めて頷いた。

「そうメネンコに言ってみる」


悪い予感は当たった。グラン・コロンビエールに入っても、依然、逃げ集団とは七分のタイム差が開いていた。

逃げのうち多くは脱落して、すでに集団に吸収されているが、残りの三人がまだ前方にいる。

その中にはベレンソンもいた。

逃げ集団に、山岳に強い選手がいなければ、七分のタイム差などたいしたことではない。だがニコラの言う通り、ベレンソンが才能のあるクライマーだとしたら、話はややこしくなる。

今になってラゾワルが焦りだした気配があった。登りに入ってもいっこうにタイム差が縮まらないのだ。

逃げ集団にも強いモチベーションはあるはずだ。今日はツール最初の山頂ゴールだ。ここを制すれば、ステージ優勝と山岳ジャージのふたつが手に入る。ここまできたら、最後まで逃げ切りたいだろう。

ニコラがまたぼくの横にきた。

「チカ、引いてくれないか。ベレンソンを捕まえたい」

そうしなければ、敵がまた増える。

ぼくは頷いた。そのまま集団の前方に出る。前の方にいるラゾワルの選手たちを追い抜いた。ペダルに力を入れ、一気に速度を上げる。アタックだが、この程度で振り落とされるのは上位選手ではない。

ニコラだけではなく、メネンコもミッコも、レイナもぴったりと付いてくる。だが振り返ると集団は小さくなっているのがわかる。

これを繰り返して、集団を絞っていく。最後に残ったものが勝つのが山岳ステージだ。

スプリントステージとは戦い方が全然違う。

スプリンターは集団から抜け出したものが勝ち、クライマーは残ったものが勝つ。

速度を上げて、集団を引いた。だが、しばらく走った後、無慈悲とも言える無線が聞こえてきた。

先頭とのタイム差は、五分二十秒。ベレンソン以外のふたりの選手も、比較的登りに強いが、クライマーというほどではない。強いのはベレンソンだ。

ラゾワルの選手が前を引き始めたから、ぼくはその後ろに付いた。しばらく走ると、逃げていた選手をひとり追い越した。それからまたもうひとり。

いまだ先頭とのタイム差は四分五十秒。先頭にいるのはベレンソンひとり。なのにタイム差は縮まらない。

ベレンソンが頂上を通過したという無線が聞こえた。ここから下りに入る。もうひとつコル・ド・リシュモンの登りはあるが、グラン・コロンビエールよりも短くて緩やかだ。

彼が力尽きない限り、タイム差を縮めることは難しく、そしてベレンソンは若い。

ぼくは、ミッコに尋ねた。

「ベレンソンはいくつだ？」

「二十三歳だ。今年からプロになった」

ぼくは舌打ちをした。自転車ロードレースでは、必ずしも若いことが強さにはつながらないが、少なくとも体力はありあまっているはずだ。

第九ステージ、ベレンソンはステージ優勝と山岳ジャージを手に入れた。

ゴールに辿り着き、表彰台に立つ彼の姿をまじまじと見た。痩せていて、細い棒きれのようだと思った。

少し長めの金髪が光を受けて輝いていた。金髪だけではなく、才能までも輝いているなんて、神様は本当に不公平だ。

何回ツールに出ても勝てない選手はたくさんいるのに、はじめてのツールで勝利を挙げた。ニコラもそうだったとはいえ、そんな選手はめったにいない。

メネンコのマイヨ・ジョーヌは変わらない。だが、これまで上位にいたタイムトライアルのスペシャリストたちが一掃され、総合の順位は大きく変わっていた。

一位がメネンコ、二位がミッコ、三位がレイナ。そして、四位がニコラ・ラフォン。アンドレア・ベレンソンは五位に浮上してきた。メネンコからは、三分二十秒遅れ。ニコラからも一分三十秒遅れている。

だが、ぼくは確信していた。ベレンソンはきっと、レースを掻き回す。

10

若い才能の発芽は、チームやスタッフを高揚させる。それは知っていたが、不思議なことにその高揚はライバルチームたちにも伝わっていくのだ。

ベレンソンの存在はニコラにとって脅威となる。彼が、他に総合優勝候補のいないチームに所属しているのならまだいい。経験がものを言うロードレースという競技において、ぽっと出の新人が、いきなり総合優勝をあげるなんてことはめったにない。

だが、彼はミッコ・コルホネンのチームメイトなのだ。サポネト・カクトは総合上位をふたりも抱えることになる。

対抗するチームにとっては、やっかいなことこの上ない。

なのに、ぼくらは新しい才能に沸き立ち、高ぶっている。スタッフたちが、ベレンソンの話をしているのも聞こえてくる。

ニコラでさえもそうだ。ゴール地点からホテルに向かうバスの中で、ニコラはかすかに口元をほころばせて言った。

「明日の一面は、ベレンソンだな」

ニコラは、ベレンソンと知り合いだと言っていた。知っている若者が頭角を現すのは喜ばしいことだ。その気持ちはぼくにもわかる。

ニコラは小さく足を動かし続けていた。苛立ちというよりも興奮を押さえきれないようだった。簡単に想像できる。一面を飾るのは、ベレンソンがゴールした瞬間の顔か、それとも表彰台でシャンパンを振りまいている姿か。金髪とシャンパンのしずくが光を反射して、輝いているところまで思い描ける。

「今日の取材は早く終わりそうだ」

負け惜しみとも思えないような口調で、ニコラはつぶやいた。

「ベレンソンを知っているから、そちらについてよく聞かれるかもしれないぞ」

アルチュールに言われて笑う。

「ああ、そっちがあったか。まあ自分のことを聞かれるより気楽だな」

新しい才能に、心が沸き立つのは、ぼくたちがこの競技そのものを愛している証拠かもしれない。

観客を魅了する選手が出てこなければ、競技は途絶えてしまう。

ベレンソンがスターになるかどうかは、まだわからない。現れたときは輝いていたように見えた選手が、思うような成績も残せずに消えていくことだって、いくらでもある。

努力をしていないとか、酒に溺れているとか、ドーピングに手を染めたとかいう、明確な理由があるものもいれば、そうではなく、練習熱心で人柄もよく、精神的に弱いとも思えないのに、ろうそくの火が燃え尽きるように輝きが消えていく。

ベレンソンがそうならないとは限らない。そして、ニコラも。

一瞬、浮かんだ不快な発想を、ぼくは頭から追い払った。

ニコラには間違いなく、才能がある。それは簡単に吹き消されてしまうようなものではない。

ぼくはそれを信じている。だが、一方で思うのだ。

消えていった選手のまわりにいた人々も、彼の才能を信じていたのではないかと。


第十ステージは、超級山岳を抱える山岳ステージで、しかも山頂ゴールだ。

山頂ゴールは、登坂能力がそのままタイム差に出るし、遅れれば大きな差になる。順位が変動する可能性の高いステージだ。

明日、順位を落とす可能性がいちばんあるのは、ミッコだ。彼はもともと山岳が苦手だし、今年は体重をあまり絞っていない。毎年、グラン・ツールの前になると減量して、体重を減らしているが、今年はいつもよりもがっしりとした身体を保っている。

後は、ブランクのあるメネンコも、集団から遅れる可能性がある。

第九ステージの登りで、メネンコは少し苦しそうだった。なんとか食らいついてはいたが、集団から遅れそうなムードすらあった。アシストたちがいなければ、遅れていただろう。その姿を見て、少しほっとしたのも事実だ。

彼はモンスターのように強いわけではない。ブランクと年齢を考えるとしっかりトレーニングを積んできているし、そのこと自体は賞賛に値するが、いちばん強かった時期の、多くの選手が束になっても崩せない安定感はない。

そもそも今のマイヨ・ジョーヌも、チーム・タイムトライアルでの大差のおかげなのだ。彼がひとりで勝ち取ったわけではない。

このふたりとは逆に、ニコラは明日、順位を上げるであろうと言われている。山岳ステージは、明日を含めてあと六つあるが、中にはゴールが下りの直後だったり、山岳の後に平坦があったりして、タイム差がつきにくいコースもある。

山頂ゴールは、三つ。その貴重なひとつを無駄にするわけにはいかない。

タイムトライアルで勝てる可能性があるミッコ、総合一位のメネンコは大きく勝負に出る必要はない。逆をいえば、ニコラは動かなくてはならないのだ。

得意なコースとはいえ、プレッシャーは大きいだろう。アシストであるぼくも、胃が痛いような気分になる。

ぼく自身の順位は気にする必要はないが、アシストとして印象的な働きができなければ、来年の契約を探すのは難しくなる。

ミーティングのとき、ニコラがぽつりと言った。

「ハビエル・レイナは動くだろうか」

レイナもニコラと同じ理由で、勝負に出なくてはならない。違うのは、ニコラよりもタイムトライアルが苦手ではなく、タイム差が少ないことだ。

「どうだろうな。明日動くか、モン・ヴァントゥか、それともピレネーに入ってからか……」

監督の言う通り、レイナの動きは予測できない。だが、彼は安定感のある選手だ。一発逆転を狙うよりも、小さなタイム差を積み重ねながら、確実に優勝に近づいていくタイプだ。選手としての華やかさには欠けるが、その分、番狂わせなど起こりえないほど強い。

「ぼくがレイナなら、明日勝負に出るね。残りの平坦ステージは少ないし、もうマイヨ・ジョーヌを取り返してもいい頃だ」

ハビエル・レイナはこれまで二回ツールで優勝しているが、どちらも中盤からマイヨ・ジョーヌを着て、ライバルたちを引き離していた。ブエルタ・ア・エスパーニャでの三回の優勝も同じパターンだ。

レイナなら勝負に出る。だが、ニコラはどうなのだろう。

ぼくは浮かんだ疑問を頭の中で弄ぶ。

去年までのニコラなら、間違いなく勝負に出る。だが、今のニコラにはなにか躊躇や逡巡のようなものが見える。

動かなければ勝てない。追う立場というのは嫌なものだ。

ぼくはチームメイトでアシストだから、ニコラの勝利を同じように目指している。だが勝ったときの賞金は分け合えても、エースの焦燥まで分け合えるわけではない。

親指の爪を噛むニコラを後ろから見守りながら思う。

どうすれば、彼を支えることができるのだろう、と。


ミーティングが終わると、ぼくは少し散歩に出ることにした。

ニコラがぴりぴりしているようだから、ひとりにしてやりたかったというのは、単なる口実だ。

本当はぼくがひとりになりたかった。

もともと、集団行動に向いている方ではない。レースを終えて家に帰ると、肩がふっと軽くなる気がする。

今日、ぼくたちが泊まっているのは、小さな街には不似合いなほど設備の整った大型ホテルだ。冬にはスキー客を当て込んでいるのだろう。他のチームも、いくつかここに泊まっている。

ロビーに出ただけでも、あちこちにプレスの人間や、他のチームの選手やスタッフが歩いているのが見える。ロビーを通り抜けて、夜の町に出た。

ヨーロッパの夏は、夜十時ぐらいまで明るい。もう九時を過ぎているのに、ようやく日が沈みはじめたばかりで、なにか調子が狂う。まだいくらでも遊んでいられるような気がする。南欧に宵っ張りが多いのは、夏の夜がいつまでも明るいせいだろう。

小さな町だが、カフェの看板はあちこちに出ている。ぶらぶら歩いて、入りやすそうなカフェでマンタローでも飲んでぼんやりしよう。

こんなときに少しだけ、ヒルダと話ができればどんなにいいだろう、と考えて、自分の身勝手さに苦笑した。

安らぎや癒やしを女性に求めたくなるのは、男の悪い癖だ。彼女はぼくの恋人でもなく、母親でもない。ぼくの人恋しさに付き合う必要などない。

電話番号を聞いているのだから、誘うくらいは許されるような気もするが、そこを踏み出せないのがぼくという人間で、ぼくはぼくであることに慣れすぎている。着慣れた服を着替えるのも、もう面倒だ。

気がつけば、空は美しい夕焼けに染まっていた。雲に水彩絵の具を含ませたような赤紫だ。川面にも紅い空が映っていて、それに惹かれるように橋を渡った。

橋の向こう側に小さなカフェがあり、ギャルソンがテラス席にキャンドルを並べていた。これから食事をとる客も多いのだろう。

その前を通り過ぎようとしたときだった。

「よう、日本人」

ぶっきらぼうな英語で呼び止められて、ぼくは足を止めた。

テラス席に座っているのはラス・ウィルソンだった。テーブルのグラスには赤ワインが少し残っている。

ニコラやミッコのように、レース中はアルコールを完全に控える選手もいるが、みながそうではない。ワインやビールの一杯くらいは、楽しんでいる選手も多い。だが、ぼくが眉をひそめたくなったのは、彼が完全に酔っているように見えたからだ。

レースの最中で、明日が山岳ステージだというのに、酔うほど飲むようなプロ選手はいない。そもそも、ヨーロッパでは酔っ払うほど飲む人間は珍しいし、日本のようには容認されていない。

ぼくは立ち止まって、愛想笑いを浮かべた。

「やあ、いい夜だね」

「よかったら、座れ。飲もうぜ」

ウィルソンは隣の椅子を掌で叩いた。

「あいにく、酒はあまり強くないんだ。水でいいなら」

「好きにしろ」

ぼくは彼の隣に腰を下ろした。ギャルソンに、マンタローを注文した。ウィルソンは赤ワインを頼んだ。

ギャルソンが立ち去ってから、ぼくはウィルソンに言った。

「大丈夫かい。ずいぶん飲んでいるように見えるけれど。明日は山岳だ」

グルペットで走るとしても、体力は使うだろう。

「かまうものか。誰も俺には期待なんかしていないさ」

かすかに胸が痛んだ。数少ない日本人選手であるぼくには、日本からの応援が届く。だが、アメリカ人の選手は他にもたくさんいる。それでなくても、一度、表舞台から消えた選手は忘れられていく。

「チーム・ラゾワルはきみに期待しているんだろう」

ラゾワルが年俸を払っているのは、こんなところで酔いつぶれさせるためではない。

「俺の仕事はもう終わった。来年、契約が更新されることもない」

「伊庭もそう言っていた」

予算が大きく減らされるから、多くの選手はチームを去るしかない。

伊庭の名前を出すと、ウィルソンは鼻で笑った。

「あいつはどうせ、もう次の契約を決めてるだろう」

決めたかどうかはまだ聞いていないが、大きなチームから声をかけられていることは、ぼくも知っている。

「おまえはどうなんだ？」

いきなり尋ねられて、ぼくは空虚な笑みを浮かべた。

「ぼくも来年は白紙だ。崖っぷちだよ」

ギャルソンがワインとマンタローを運んでくる。

マンタローはミントシロップを炭酸水で割ったもので、アルコールもカフェインも取りたくないときにはちょうどいい。

鮮やかなグリーンのグラスを、ぼくは手元に引き寄せた。

ウィルソンは赤ワインのグラスを持ったまま、ぼくをじっと見た。目がかすかに血走っていて、相当酔っていることがわかる。次に注文をしようとしたら、止めた方がいいかもしれない。

「なあ、おまえはプロ選手になにが必要か知ってるか？」

いきなり投げかけられた問いに戸惑う。

「体力とか、才能とかではなく？」

「それももちろん大事だが、多くの人が気づいてないものがある」

「なんだい」

「histoire《イストワール》だ」

彼が口にしたのは英語ではなく、フランス語だった。

歴史という意味でもあり、物語という意味でもある。フランス語では、このふたつは同じ単語で語られる。

よく考えれば、英語の history も story も同じ語源からきているのだろう。念のために英語で聞いてみる。

「物語？　歴史？」

「どっちもだ」

ぼくは彼の目を見返した。どういう意味で言っているのかがすぐにはわからない。

「俺たちは、所詮、観客に娯楽を提供する身だ。ならば、美しい歴史や物語を抱えている方が有利じゃないか？」

ウィルソンはそう言って、ワインを一口飲んだ。

「おまえのチームのニコラなんてまさにそうだろう」

そう言われて、やっと彼がなにを言おうとしているのか理解する。

「彗星のように現れたフランスの星、最初のツールで大活躍し、そしていつかツールで優勝する。そう信じている観客がたくさんいる」

「そうだね」

クリーンで、そしてどんなときにも勝利を目指す走り。ニコラは多くの人に愛されている。多くの観客が、彼の物語の行方を固唾を呑んで見守っている。

「おまえのも悪くない。遠い国からきた、忠実なアシスト。サムライとか呼ばれていただろう？」

ぼくは苦笑した。ウィルソンは、ぼくが思っているより、ぼくのことをよく知っている。

過去に自転車雑誌のインタビューを受けたことがある。そのときの記事の見出しに、サムライという単語が使われていた。日本人だからという単純な理由だろう。

「おまえの物語は悪くない。おまえは、きっと来年もここで走っているさ」

「ありがとう」

お世辞でも嫌味でもなく、そう言ってもらえたのはうれしかった。もちろん、だからといって希望が持てるわけでもない。

ウィルソンの物語はどうなのだろう。

メネンコのドーピングを告発して、自転車ロードレース界から追われるように姿を消し、そしてまた復活した。今度はメネンコのチームメイトとして。

もし、物語として読むならば、ひどく歪《いびつ》な形だ。すっきりしない。そこにあるのは、和解なのか、それとも妥協なのか。

ウィルソンは頬杖をついてぼくを見た。

「おまえは独り身か？」

「そうだよ。残念ながらね」

「その方がいい。身軽な方が自由に行き先を選べる。俺はもう無理だ」

ウィルソンは前髪を指で弾いて笑った。

「俺はしくじったよ。もう俺の物語を読みたがるものはいない」

「そんなことはないよ。まだ終わったわけじゃない」

そう言った後、ぼくは彼のことばの意味に気づいた。

「引退するのかい」

年齢を考えれば早すぎるわけではない。

「走れなくなれば、あとはやめるだけだ」

投げやりな言い方だった。すっきりとやめるわけではなさそうだ。

ぼくは黙って、炭酸の抜けたマンタローを飲んだ。気がつけば、あたりはすっかり暗くなっていた。暮れ始めるのは遅いが、その後はあっという間だ。

ウィルソンはテーブルに突っ伏した。息が荒い。

「大丈夫かい？」

「知らない。眠い」

こんなところで眠られるのは困る。おぶってホテルまで連れて行くわけにはいかない。

ぼくはウィルソンをテーブルから起こした。それでもゆらりゆらりと揺れる。

「何杯飲んだ」

「知るか。ギャルソンに聞いてくれ」

ギャルソンに水を頼み、ウィルソンに飲ませた。彼は水をひと息に飲んで、なまあたたかい息を吐いた。

「帰ろう。ホテルまで送るよ」

たしかラゾワルは同じホテルに泊まっていたはずだ。ギャルソンを呼んで、会計をすませる。

ウィルソンは五杯の赤ワインを飲んでいた。

よろける彼を支えながら立たせたが、彼はへなへなと椅子に座り込んでしまった。これはひとりで連れて帰るのは難しそうだ。携帯電話で、伊庭に助けを求める。彼はウィルソンのチームメイトだ。助けてもらっても罰は当たらないだろう。

伊庭は誰かを連れてくると言った。

電話を切ると、ウィルソンはまた顔を上げた。どんよりした目でぼくを見る。気になっていたことを尋ねた。

「ウィルソン、きみはメネンコの物語をどう思っている?」

輝かしい成績は剝奪され、そして今、栄光を取り戻そうとしている。

メネンコの名前を聞くと、彼の表情が変わった。一瞬歪んで、その後声を上げて笑う。

「いいところに気づいたな。メネンコはイストワールを欲しがっている。それが彼の目的だ」

伊庭は十分も経たないうちにイェンを連れてやってきた。

誤解を受けそうだったので、念のために言い訳する。

「ぼくが飲ませたわけじゃないよ。ぼくが通りがかったときにはもうずいぶん酔っていた」

ウィルソンはテーブルに突っ伏して、いびきをかいていた。伊庭とイェンが両脇を抱えて立たせた。ぼくは彼らの後ろをついて歩いた。

人通りが少なくなった夜道を歩きながら考える。

メネンコが欲しがっている物語は、いったいどんな結末なのだろう、と。


翌朝、空は薄い雲に覆われていた。

雨の確率は、予報では低い。気温も二十五度ほどという涼しい日だ。今日は山を登るからもっと冷えるかもしれない。

コンディションとしては悪くない。走る選手たちを苛むような天候ではない。たまにはこんな日があってもいい。

出走のサインをしに、スタート地点に向かう。ちょうど、ベレンソンがサインをしているところだった。テレビカメラは執拗なほど彼を追い、フラッシュが激しく焚かれる。

ぼくは足を止めて、しばらく彼を見つめた。

これまで十日以上一緒に走ってきたから、顔には見覚えがある。去年まではぼくもサポネト・カクトにいたから印象には残っていた。だが、名前を知ろうともせず、声をかけようとすら思ったことがない。

ぼくだけではなく多くの選手たちにとって、ベレンソンはそういう存在だったはずだ。

今日からは違う。ツールを走る選手たちにも、スタッフにも彼の名前は知れ渡る。誰もが彼を認識する。

普段はアシストである選手が、番狂わせでステージ優勝をあげたのとも違う。彼は若く、これがはじめてのツールだ。誰もが彼の未来に期待するはずだ。

そう考えてから気づいた。これが、ウィルソンの言うイストワールか。

今日の超級山岳がひとつの試金石になるだろう。今日力尽きるようなら、ベレンソンの物語は輝きを失う。だが、今日、先頭集団にしっかりついてくるならば、彼の力は疑いようもない。

じっと見つめていると、誰かの手が肩に置かれた。振り返ると、ミッコ・コルホネンだった。

「すごいな。きみのところの若手は」

ミッコはかすかに眉を動かした。

「そうだな。力はあると思っていたが、想像以上にメンタルが強い」

スポーツ選手には大事な要素だ。

ミッコはぼくから手を離すと、出走サインをするための台に向かった。ぼくも後に続く。

つきあいが長いからわかる。ミッコは苛立っている。腹を立てているというほどではないが、機嫌はよくない。

もし、ベレンソンの成績がミッコを追い越すようなことがあれば、もしくは追い越さなくてもベレンソンの方が勝機があると思われれば、監督はエースをミッコからベレンソンに変更するかもしれない。

強い選手をふたり抱えるチームには、その葛藤がいつもつきまとう。戦い方の幅は広がるが、一方でいがみ合いも起こる。

はじめから実力の拮抗した選手がいるのならば、そのように戦略を立てる。どちらがエースになるか決めておく監督もいる。難しいのが、若手選手が急激に力をつけた場合だ。

選手たちはみな気が強いから、どちらも簡単に引き下がらない。ベテランと若手の間で、どちらがエースになるかという争いはしょっちゅう起こる。

よけいなことを言ってしまったかもしれない、と少し考えた。だが、ミッコは腫れ物に触るような扱いを、もっと嫌うはずだ。

レースは後半にさしかかった。

まだこれから二千メートル級の山岳を越えなければならない。

集団はすでに三分の一ほどに絞られている。ぼくはなるべく、最後までニコラのそばにいたいと思っているが、どこまでついて行けるかわからない。

しばらく平坦な道が続いているから、みんなが補給食を食べ始めている。ぼくも肩から提げたサコッシュから、アルミホイルに包まれたサンドイッチを取り出した。

片手でハンドルを持ちながら、口を使ってアルミホイルを剝がして食べ始める。

いい匂いのジャムがたっぷり挟まってる。それがなんの種類のフルーツかはわからない。わからないことがぼくの人生なのだろう、と思った。

こんなふうに自転車に乗りながら、サンドイッチをただ咀嚼する。多くの人が経験する豊かな食の楽しみや、定住する安らぎや、心からの休息には背を向けて、ただ走る。

サンドイッチを食べ終えて、エナジーバーをポケットに入れると、ぼくはサコッシュを観客たちの方に投げ捨てた。

サコッシュの中には他にもチョコレートバーやパウンドケーキのようなものが入っていたが、それは食べない。

子供の頃は、残さずなんでも食べなさいと怒られたな、と、今は関係ないことを考えた。少なくとも、レースの間はわがままを言い、食べたいものだけを食べることが許されている。

もちろん、食べることそのものはレースのために必要で、無理にでも食べなければ走り続けられない。これは競技の一部だ。

前の方では、ニコラがもぐもぐとバナナを食べている。バナナの後はパウンドケーキ。ニコラは食が細い方だが、今日は積極的に食べているように見える。きっと調子は悪くない。

希望的観測だが、そう信じたい。

ミッコがぼくの横を通って、前の方に出て行った。

総合上位の選手は全員近くにいる。ミッコだけではなく、レイナも、メネンコも、ベレンソンも。

後ろを振り返ると、伊庭の姿が見えた。目が合うとにやりと笑う。ぼくは少し後ろに下がった。

「ウィルソンは、大丈夫だった？」

まさか二日酔いに苦しむということはないだろうが、昨夜の様子では、どれだけ走れるかわからない。事実、この集団に彼の姿はない。

「あのくらい酔うことはよくあるらしい。リタイアしたきゃ、勝手にするだろう」

伊庭はどうでもよさそうにそう言い捨てた。

あきれているのか、怒っているのか、それとも心底どうでもいいと思っているのか。ウィルソンにプロとして自覚が足りないのはたしかだ。

目の前に壁のような山が迫ってくる。コル・ド・イゾアール。二千三百メートルを超える、超級山岳だ。この峠の山頂が今日のゴールだ。伊庭がつぶやいた。

「そろそろきたか」

ここを越えてもまだレースは続く。だが、ここで誰かが動くのは間違いない。

イゾアールの登りの中程、ニコラがアルチュールになにかを言った。アルチュールが前に出て、集団を引き始める。ニコラは勝負に出るつもりらしい。

ぼくは、ニコラの横に並んだ。

「ぼくも引こうか？」

「チカはいい。まだこの先、働いてもらわないと」

こう言われることはありがたいが、体力を温存してこの山を登ることは簡単ではない。この時点で使い捨てられた方がずっと楽だ。だが、アシストがひとりもいなくなるという事態はなるべく避けなければならない。

勾配が厳しくなり、集団からはひとり、またひとりと脱落していく。正直、ぼくにもあまり余裕はない。

それでも歯を食いしばって残るしかない。

ニコラが集団から飛び出した。だが、あまり勢いがない。レイナが後を追う。次に続いたのはベレンソンだ。

メネンコとミッコは動かない。

前に飛び出した三人も、すぐに集団に吸収された。

アタックを繰り返せば、身体は消耗する。なるべく一度で決めたいが、一度で決まることはめったにない。

三年前のニコラは、果敢にアタックを繰り返す選手だった。だが、体力は年齢と共に衰えていく。いつまでも昔のやり方ではいられない。

また飛び出す。レイナが後に続く。

レイナはニコラを完全にマークしている。メネンコは動かない。マイヨ・ジョーヌだから動く必要はないと考えているのか。

少しだけ集団と距離が空いた。ベレンソンとミッコがなにか話をしている。耳をそばだてたが、ロシア語だった。ミッコがロシア語を少し喋れることは知っていたが、リトアニア人であるベレンソンもロシア語を使うようだった。

アタックが成功したかと思ったが、二分も経たないうちに、ニコラとレイナは集団に吸収される。

ニコラの表情が険しい。コースが過酷だからではない。なにか不穏なものを感じているように見える。

その後、ニコラは動かなかった。山頂が近づくにつれ集団は絞られ、残ったのは十二人ほどだ。総合優勝上位の選手はみんな残っている。

ぼくはもう限界だ。登りはあと五キロ残っているが、これ以上ついていくことはできない。鉛のように重いペダルを踏みながら、ぼくはニコラたちが登っていくのを見送った。


残りのコースをゆっくり登っていくと、ゴールのアナウンスが聞こえた。ステージ優勝をあげたのはニコラだった。

ペダルが急に軽くなる。人の心というのは不思議なものだ。

無線で状況を聞く。ミッコが一分ほど遅れたが、ニコラ、レイナ、メネンコ、ベレンソンの四人は、ほぼ一塊でゴールしたようだ。

ラスト五百メートルでニコラが飛び出し、十八秒ほど先行した。十二秒のボーナスタイムの差もあるから、三十秒はタイムを縮めることができた。

メネンコとのタイム差は少し縮まり、一分二十秒になる。だが、まだ足りない。順位も四位のままだ。二位だったミッコがタイムを落とし、三位に落ちて、代わりにレイナが二位に上がる。

思っていたほど総合のタイムを縮めることはできなかったが、それでも表彰台に立てたのだ。充分過ぎるほどいい日だ。

ぼくがゴールに到着した頃、表彰式がはじまっていた。モニターで表彰台に立つニコラを見たが、彼は笑ってはいなかった。

汗を拭い、ウインドブレーカーを着込んで防寒対策をする。山頂は十五度くらいだろうか。止まれば肌寒ささえ感じる。この後、チームバスの待つ麓の駐車場まで自走していかなくてはならない。

しばらく待っているとニコラが戻ってきた。先に帰ってもよかったが、ステージ優勝を少しでも早く祝福したかった。

「おめでとう」

ニコラはあまりうれしそうでもないような顔でぼくを見た。

「アタックをしたとき、レイナを誘った。このままふたりで飛び出そうと。メネンコやミッコたちを振り切ろうと」

悪い取引ではない。ライバルが二人減るのだ。レイナはニコラよりも一分以上、タイム差をキープしているから、ふたりでゴールしてもレイナがマイヨ・ジョーヌだ。

「断られたよ。どう思う」

メネンコよりもニコラを強敵だと認識しているのなら、自分がマイヨ・ジョーヌを着ることより、ニコラの順位を上げない方が今後の戦いでは有利だという考えになるだろう。

だがそれも不思議だ。今のところ、マイヨ・ジョーヌを着ているのはメネンコなのだ。

「理屈に合わない。嫌われているのかな」

「そんなことはないだろう」

レイナは好き嫌いで動くようなタイプではない。合理的な考えしかしないだろう。

「聞き流してほしいんだけど」

ウインドブレーカーに袖を通しながら、ニコラは言う。

「なんだい」

「メネンコとレイナはつながっている」

彼の口から出たことばに、ぼくは息を呑んだ。ニコラは顔を上げてぼくの目を見た。

「ぼくの妄想ならいい。だが、あのふたりは結託している」

11

チームバスの中で、ニコラは笑顔だった。

チームメイトにもみくちゃにされ、髪をかきまわされたり、軽くこづかれたりしていた。スタッフたちもみんな明るい顔をしている。

無理もない。ひさしぶりのステージ優勝なのだ。このツールでははじめてだ。

オランジュフランセは、もともと、それほど資金力の豊富なチームではない。ニコラの年俸も漏れ聞く限り、そう多いわけでもない。チームの規模だけで考えるのなら、ステージ優勝があげられれば上出来だ。

たぶん、監督やスタッフたちはほっとしているのだろう。総合優勝に中盤まで絡んだ上に、ステージ優勝を上げた。たとえ総合優勝はできなくてもスポンサーたちも納得するはずだ。ニコラはまだ若い。チャンスは来年もある。

ぼくはといえば、ニコラの先ほど言ったことばが頭から離れない。

(メネンコとレイナはつながっている)

ニコラは聞き流せと言ったから、今ニコラを問いただすつもりはない。だが、あれは間違いなくニコラの本音だ。

レイナがニコラとの取引に応じなかったことだけが理由だとは思えない。もともとレイナはクリーンで知られる選手だし、金をもらってメネンコのために走る可能性は低い。それでも、ニコラがそう考えたからには、なにか他の理由があるはずだ。

やっかいなことに、レイナとメネンコが共同戦線を張っていても、そこに金銭のやりとりなどが無い限り、ルール違反でも不正でもない。戦略として許される。

それほどニコラが強敵だと考えているのか。もしくは、共同戦線の真のターゲットは、ニコラではなく、ミッコとベレンソンなのか。

そちらの方が可能性としては高そうだ。

ミッコだけでも強敵なのに、ベレンソンというノーマークの新人まで現れた。だから、それに対抗するためにゆるやかに手を組んだのかもしれない。

たとえ、組んだ動機がニコラでないとしても、ニコラにも大きな影響がある。もしかすると今日、メネンコを振り落とせたかもしれないのに、それができなかった。

ぼくは少し離れたところで、勝利を祝福されるニコラを眺めていた。

一瞬目が合うと、彼は少し気まずそうに目をそらした。

ホテルに到着し、荷物を片付けていると携帯電話が鳴った。みれば伊庭からだ。

「おめでとう」

電話に出ると同時にそう言われた。

少しくすぐったい。勝ったのはぼくではないし、今日、ぼくが勝利に大きく貢献したという実感もないが、それでもニコラの勝利はぼくの勝利だ。

「ありがとう」

祝福するためにわざわざ電話してくれたのか、と思ったが、伊庭はすぐに話を切り替えた。

「突然だが、明日帰ることにした。ほうじ茶のティーバッグとか、インスタントの味噌汁とかあるけど、いるか？」

「怪我でも？」

「いや、それは大丈夫だ」

それを聞いて安心する。

「怪我はしてない。だが、今日は叩きのめされたよ。この先走り続けても勝てる気がしない」

十日間走った後に、まだ超級山岳を越える。選手経験が短いわけでもない伊庭でも、そんな経験ははじめてだったのだろう。グラン・ツールに出場する選手だけが経験できる。

疲れ果ててくたくたになり、打ちのめされても、まだその先まで走る。永遠に続くような気さえする日々を走り抜ける。まだ、ようやく半分が過ぎたところだ。

「さっさと帰って疲労回復に専念することにした。明日朝、出発する。荷物も軽くしたい。いらないか？」

「そりゃあ、あれば欲しいけれど……手に入りにくいものなのに、いいのか？」

「妹が夏休みにやってくる。持ってきてもらえるから別にかまわない」

伊庭の妹は、同じチームで走っていたとき一度だけ会ったことがある。伊庭に少し似た、すらりと背の高い女の子だった。

愛想がいいとは言えない伊庭だが、妹とは仲が良さそうだった。家族と距離を置いているぼくから見ると、少しうらやましい。

「じゃあ、もらうよ。これから部屋に行く」

ラゾワルとは、同じホテルを使っている。

部屋番号を聞いて、ぼくは自室を出た。ちょうど、アンリエッタがニコラのマッサージのために部屋に入ってくるところだった。

「どこかに行くの？　ニコラの後、すぐにマッサージできるわよ」

「それまでには戻るよ」

すぐにといっても、ニコラをマッサージするのに早くても四十分、丁寧にやれば一時間はかかるはずだ。

伊庭の部屋を訪ねると、彼はひとりで荷造りをしていた。まだジャージも着替えていない。

「帰れないんじゃなかったのか？」

そう言うと、伊庭は顔だけこちらを向いてにやりと笑った。

「エネコ・ツアーに出ることになった。この後、山ばかり続くツールより、そっちの方がまだ勝機がある」

エネコ・ツアーはオランダとベルギーを走る、七日間のステージレースだ。平坦なコースが多いから、伊庭には向いている。

「それにＩＴＴが、もっといい条件を提示してきた。来年につなげられたのだから、今年は満足だ」

スプリント勝負で二位に食い込んだのだ。即戦力になるスプリンターだと判断されたのだろう。

「よかったじゃないか」

「まあな、じゃあ、これ」

伊庭はビニール袋をぼくに渡した。

中にはインスタントの味噌汁だの、日本茶のティーバッグだの、小さいサイズのカップラーメンなども入っている。

ぼくも日本から欧州に戻るときには、こういうものを買って帰る。だがレースにまでは持ってこない。あればうれしいが、なければないでなんとかなる。だが、思い出せばこちらにきたばかりのときには、日本茶のティーバッグを持ち歩いていたような気がする。

いつの間にか、なくてもそれほど不自由は感じなくなった。ぼくにとって、こういうものは、生活必需品ではなく、贅沢品になってしまった。

伊庭にとっては、まだ生活必需品なのか。それとも、持ってきたものの、それほどは必要なかったのか。

どちらにせよ、もらえるのはありがたい。ぼくはもう半年近く日本に帰っていないから、手持ちの日本食も少なくなっている。

「ありがとう。助かるよ」

レースの最中は、一杯のお茶すらあきらめなくてはならないが、そういうものに救われることもたくさんある。

伊庭は片手を差し出した。そういうことをしそうにない男だと思っていたから少し驚いた。

「じゃあ、残りの地獄、頑張れよ」

あんまりな言いぐさだが、決して大げさな表現ではない。ぼくは笑ってその手を握りかえした。

「伊庭もエネコ・ツアー、頑張って」

この地獄は終わっても、別の地獄が続くのだ。


いつだって、なにひとつ簡単じゃない。

炎天下の中、いつ終わるともしれない坂を上り続けるときも、大雨の中びしょ濡れになりながら、九十キロ近い速度でダウンヒルをするときも。

死も大怪我も、ぼくのすぐ隣にあって、なのに生活が保障されているわけではない。

走りながら、今すぐ自転車を路上に投げ出して、ヴォワチュール・バレに乗り込んでしまいたいと思うこともしょっちゅうだ。

だが、ぼくはそうしない。ペダルを踏むのをやめて、自転車から降りてしまう妄想を何十回繰り返しても、ぼくの手はハンドルを離さない。

どうせ、いつか、どんなに走りたいと懇願しても、ここでは走れなくなる日が来る。

ならば地獄であろうと、しがみつける限りはしがみつくだけだ。

翌日は、中級山岳コースだった。

第九、第十ステージほど険しいステージではないが、それでも峠を三つも越える。簡単ではない。

だが、ニコラやチームメイトたちの顔はリラックスしている。中級山岳では、アタックを繰り返してもタイム差がつきにくい。総合優勝候補たちの戦いは、誰かが体調を崩して脱落しない限り、今日は動かないだろう。

こういうステージでは、総合優勝に関係ない選手が張り切る。飛び出して、大きく先行し、逃げ切ってステージ優勝する。そんなプランを思い描いている選手もたくさんいるはずだ。

ときどき、そんなふうに自由に走ってみたかったと思うことがある。

もちろん、ツールほど大きくないレースでは、やりたいように走ることが許されることもあるが、ツールのステージ優勝が手に入るかもしれないと思えるのは、素直にうらやましい。

ぼくがグラン・ツールに出るのは、たいてい総合優勝を狙う選手のアシストとしてだから、自由に動けることはあまりない。

だが、それもまた幸せなことなのだろう。ミッコのアシストとして、総合優勝だって経験してる。

なんの曇りも後悔もなく、自分たちの人生が輝いていると信じられることなんて、そんなにない。その栄光は総合優勝した選手のものだが、喜びや誇りはチーム全員が共有できる。

もう一度、今度はニコラとあの感覚を味わいたいと思う。

昨日の夕食時も、少しだけ祝福ムードに包まれて、いつもより豪華な夕食が出たが、レースはまだ続く。乾杯は水でやった。総合優勝できた日には、明日のことなどなにも考えず、笑って騒いで、飲みたいだけシャンパンを飲み干すことができる。

今日と、平坦ステージである明日は、総合順位は変わらないはずだ。この二日間はなるべく体力を温存して、第十三ステージにそなえなくてはならない。

モン・ヴァントゥ。死の山。

どんな山よりも厳しいというクライマーもいる。難関コースだ。そこでは間違いなく、順位が変わるだろう。

予想どおり、レース序盤に大逃げがあった。二十五人もの選手が、飛び出して先行した。チーム・ラゾワルは、あえて後を追おうとはしない。

今回逃げた選手の中には、先日のベレンソンのように総合で脅威になるような選手はいなかった。

いちばん総合順位が上の選手でも、メネンコから三十分近く遅れている。これでは、逆転などありえない。

後ろを走るメイン集団の中には、牧歌的な空気すら漂っていた。違うチームの選手同士で談笑し、のんびりゴールを目指す。

自転車ロードレースの選手たちが、レースの最中でさえひとつの家族のように感じられるのはこんなときだ。

違うチームで戦っていても、来年は同じチームで走るかもしれない。今は敵対していても、敵ではない。

隣にミッコがきた。

「昨日はおめでとう」

そう言われて、少し照れくさい気持ちになる。

「ニコラに言ってやってくれ」

「ライバルとは口を利かないことにしているんだ」

ミッコはそんなことを言ったが、もちろんただの冗談だ。にこりともしないで言うから、知らない人が聞くと本気にするかもしれないが。

一瞬、ミッコにレイナとメネンコのことを話した方がいいかもしれないと思った。もちろん、ここでは無理だが、レースが終わってからでも。

だが、すぐに考えを変える。ミッコはライバルチームのエースだ。あまり情報をもらすべきではない。ミッコのことは人間として尊敬しているが、それとこれとは別だ。

ぼくたちの横を、ベレンソンが通っていった。一瞬、ベレンソンと目が合う。彼はあきらかに不快そうに目をそらした。

そんな態度をとられる理由もわからず、ミッコの方を向くと、彼も目をそらしている。まるでベレンソンの存在を黙殺するように。

ミッコがかすかに舌打ちをした。

「生意気な若造だ」

思わず、口元がほころんだ。

生意気なのだろう。生意気な若者でなければ、はじめてのツールで自分が勝てるなんて思わない。勝利はただ、才能のみが連れてくるわけではない。先輩選手がひしめく中、位置取りをしてアタックをするだけで大変だ。

悪気はなくても、みんな気が立っているから、邪魔だと叱りつけられることもある。ぼくだって、認識されるまではひどいことを何度も言われた。

それでも飛び出す。逃げ集団に入ってからは、ベテラン選手たちに操られないように力を温存する。

選手たちは強い選手をリスペクトするから、ある程度キャリアを重ねれば簡単なことも、新人では難しい。だが、彼はそれをやってのけた。

「どうした」

にやついているのに気づかれたのだろう。尋ねられたから正直に答えた。

「きっと、ミッコが新人だったときの先輩選手もそう言ってたんじゃないかなと思ってね」

自分が子羊のような新人選手だったからこそ、その生意気さが重要な資質なのだとわかる。

ミッコは憮然とした顔になった。だが独り言のようにつぶやく。

「歴史は繰り返す、か」

History repeats itself.

ぼくも口の中で、そのフレーズを反芻した。

繰り返される歴史の中で、ぼくは自分の役割を果たせるだろうか。

第十一ステージは波乱もなく終わった。

総合上位陣も変動はない。逃げ切ってステージ優勝したのは、三十四歳になるベテランアシスト選手だった。同じチームになったことはないが、知っているし、ことばを交わしたこともある。興奮のあまり涙を浮かべ、顔を真っ赤にしてインタビューを受ける彼の姿が、チームバスのモニターに映し出されていた。

たぶん、これが彼の選手人生で最大の栄光だろう。この勝利のことは、彼にとっての誇りになるはずだし、老人になっても語り続けるだろうことが想像できる。

多くの選手にとっては、そんなたった一度の栄光すら手に入らない。星に手を伸ばすようなものだ。

でも、手を伸ばし続ければいつか星は落ちてくるかもしれない。

誰もが、彼の勝利を祝福していた。違うチームのスタッフまで笑顔で、彼にことばをかけていく。

人をかき分けてまで祝福しにいくほどの関係ではないが、明日レースの途中でも、彼におめでとうを言いたい。

星を手にした人間がいるということは、妬ましいけれども大きな希望でもあるのだ。

第十二ステージは、ほぼ移動するだけのようなものだ。

もちろんスプリンターたちは必死で戦う。この日を逃せば、あとは最後のシャンゼリゼまで活躍できる場はほとんどない。

だが、ほとんどのスプリンターたちは、山が苦手だ。アルプスを越えた今、第一ステージほどの力は残っていない。疲労を極力抑えて、回復したものこそが勝つ。

戦い方はひとつではない。

そして、クライマーや総合優勝を目指すチームは、集団の中で息をひそめて、ただひたすら明日を待つ。

死の山に対峙するため。


緩やかに進んだ第十二ステージもゴール近くになれば、スピードが上がる。誰もが前の方に出ようとするから、位置取りも激しくなる。

スプリント勝負に出る選手はもちろん、前に出なければならないが、それをアシストする選手も、そしてスプリント勝負に参加しない選手さえ、前の方に進みたがる。

一つの集団でまとまってゴールすれば、先頭と同タイムになるが、集団から切れてしまえば、タイム差がとられる。

集団ゴールのように、大勢がまとまってゴールするステージでは、そのタイム差は小さくない。数十秒遅れと判断されれば、総合順位を落としてしまう。

それだけではない。後ろに行けば行くほど、落車のリスクは大きくなる。だから安全のために、少しでも前に位置しなければならない。

ぼくのように、タイム差をとられても関係ない選手は、集団から遅れてゆっくりゴールしてもかまわないのだが、たまたまその日、ぼくは集団の真ん中でゴール前に突入してしまった。

この場合、あえて後ろに下がろうとするよりも、そのままの位置をキープした方が危険が少ない。集団で走っているときには、流れにまかせる方がいいことも多い。

カーブを大きく曲がったときだった。

隣の選手ががくっと崩れた気がした。

あわてて、ハンドルを切ってよける。後ろでどよめきが起きる。落車だ。しかもかなり大きい。時速六十キロとも言われるほど高速になっているときで、しかも百人以上の集団だ。下手をすると、大きな事故になるかもしれない。

ぼくは道の脇によけて、ペダルを止めた。振り返ると、三十人以上の選手が倒れていた。中には、オランジュフランセの選手もいる。

ニコラはいないか急いで目で探す。チームメイトはサングラスをしていても体格だけで区別がつく。ジュリアンがいたが、立ち上がって自転車にまたがった。ジャージは破れているが、怪我はたいしたことはなさそうだ。

ゴールアナウンスが聞こえてくる。優勝したスプリンターの名前が呼ばれ、その後にゴールした選手の名前も呼ばれていく。

ミッコ・コルホネン、ドミトリー・メネンコ、ハビエル・レイナ、アンドレア・ベレンソン。

総合上位の選手たちが呼ばれた後、やっと、ニコラ・ラフォンが呼ばれた。

胸をなで下ろす。ニコラは巻き込まれなかったようだ。

再び、ペダルを踏み出そうとしたとき、路肩に投げ出されている選手に気づいた。オランジュフランセのジャージを着ている。

一瞬、ひどく苦い記憶がよみがえり、ぼくは自転車を投げ出して、彼に駆け寄った。

倒れているのはアルギだった。

「つ……っ」

抱き起こすと、彼は目を開けて、少しまぶしそうな顔をした。意識があることに安堵する。

「大丈夫か？」

「わからない。鎖骨をやられたかも……」

メディカルカーは他の選手の手当で忙しく、こちらに気づいていない。ぼくは手を上げて、メディカルスタッフに合図をした。ひとりが気づいて、頷いた。

鎖骨骨折だけならば、命に関わることはない。意識もはっきりしているから心配はないだろう。アシストだからタイム差を気にしなくてもいいとはいえ、制限時間もある。ゴールしなければならない。

「スタッフに知らせた。すぐにきてくれる」

「ああ、大丈夫だ。行け」

アルギをその場に寝かせて、ぼくは再び自転車にまたがった。ペダルを踏んで、ゴールを目指す。

ひとつたしかなことがある。鎖骨が折れているなら、アルギはリタイアするしかない。

ホテルに帰って知った。落車したのは、ジュリアンとアルギだけではなく、セルゲイもだった。セルゲイはまだ走れそうだが、自力でゴールしたジュリアンも肋骨を折っていた。彼もこの先走るのは難しそうだ。

ぼくは、ヒルダに電話をした。アルギはまだ電話ができる状態ではないだろう。他のスタッフが知らせた可能性もあるが、念のために知らせておいた方がいいだろう。

「チカ？」

彼女の低めの声が電話から聞こえてくる。

「アントニオが落車した。鎖骨を骨折しているかもしれない」

「えっ」

ヒルダが息を呑んだ。誰も彼女には連絡していなかったようだ。

「メディカルカーで運ばれる前に話をしたが、意識ははっきりしていた。危険な状態ではないよ」

骨折だけでも大事故に変わりはないのに、ぼくたちは怪我をすることに慣れ過ぎている。骨を折ったり、傷を縫ったりすることなんて、日常茶飯事だ。傷を縫合しようが、あちこちに内出血を作ろうが、走れる限りは走る。

「そうなの。よかったわ」

ヒルダはほっとしたようにためいきをついた。病院の名前を知らせると彼女は、すぐに行くと言った。

「今はどこ？」

「ビルバオよ。実家に帰っているわ」

ビルバオはスペインバスク地方にある大きな街だ。兄妹はそこの出身だと聞いたことがある。

「もう病院にいるから、心配しなくても大丈夫だと思う。病院スタッフもついているから」

「ええ、でも家にいるより、行った方が気持ちが楽だから」

その気持ちはわかる。会って顔を見れば、少しは安心する。

「じゃあ、また連絡するよ」

「待って。じゃあ、アントニオはレースから離れるのね」

「もちろんだよ。鎖骨骨折ならば二、三ヶ月ほどで回復するだろうけど、今は走れない」

ツールの後にあるクラシカ・サンセバスティアンは、バスク地方を走るレースだから、アルギは楽しみにしていた。たぶんそれにも出場できない。

ヒルダは、力を抜いた声で言った。

「よかったわ」

なぜ彼女がそう言ったのか、すぐにわかった。

レースから離れれば、もうメネンコに会うことはない。

ホテルのロビーに出ると、ちょうどメネンコがいた。ロビーのソファに腰掛けて、楽しげに談笑している。

一緒にいるのは、あまり見かけない男たちだ。ラゾワルのスタッフでも選手でもない。メネンコの個人的な知り合いなのか、それとも自転車関連ではないジャーナリストか、スポンサーの関係者か。

少し距離を置いて眺めていると、メネンコがぼくに気づいた。手を上げて挨拶をする。

ぼくは彼に近づいた。

「アントニオ・アルギがリタイアする」

彼は眉間に皺を寄せた。

「これで、ぼくの役目も終わりだろう？」

そして、メネンコとの関わりも。ヒルダの話を聞いた以上は、もう彼とは関わりたくない。女をどう扱って、どう使い捨てようが男の価値は変わらないと思う男たちも少なくないが、ぼくはそちら側に与しない。

「そうだな」

「あなたのことを尊敬していた」

初めて会ったときに告げたのは単なる事実だが、今は違う。今は尊敬していないという意味での過去形だ。

メネンコは笑った。ことばに秘められた毒などどうでもいいかのようだった。

「ヒルダによろしくな」

メネンコはそう言って片手をあげた。ぼくは彼に背を向ける。


夕食を終えてから、伊庭にも電話をした。

「よう。まだ走っているのか。家はいいぞ。ビールを飲みながら、DVDを見ている」

ぼくがなにか言う前に、伊庭は早口でそう言った。

「それはうらやましい」

いつか、伊庭がステージレースに出ている最中に、電話して同じことを言ってやろう。

「アントニオ・アルギがリタイアしたよ。鎖骨を骨折した」

「落車したのはネットのニュースで知った。やはりリタイアか」

「そう。だから、ぼくの役目も終わった」

伊庭がかすかに息を呑んだのがわかった。

「悪かったな、妙なことに関わらせて」

「いや、たいしたことじゃない」

疚しさにまとわりつかれたのは事実だが、メネンコがぼくに頼んだことは不正でもなんでもない。おまけにヒルダにも似たようなことを頼まれた。

「俺も来年からは別のチームに行く。メネンコになにか頼まれても、もう俺のことは気にしなくてもいい」

「わかってる。アルギのことも、おまえに頼まれたから引き受けたわけじゃない」

メネンコの正体はわかった。それでもどこかでぼくは彼と関われたことをうれしく感じている。もう関わらないと決めた今でも。

喜んでいるのは、昔の自分なのかもしれない。


モン・ヴァントゥ。日本語で訳すと、「風の山」とでも言うのかもしれない。

千九百メートルを超える標高もさることながら、まわりに他の山がなく、地中海が近いこともあって、風が強い。ぼくも二度ほど上ったことがあるが、横風で吹き飛ばされそうになる。

風のせいか頂上近辺には緑もない。荒涼とした岩だらけの風景が続いていて、まさに死の山の異名にふさわしい。

もっとも、冬になれば、スキー客が多く訪れる観光スポットでもあるのだが。

百五十キロほどの平坦コースを走った後、モン・ヴァントゥを上る。平均勾配、七・六パーセントの坂を二十一キロに渡って登り続けるのだ。

クライマーの中には、この山を南欧でいちばんの難所と呼ぶ選手もいる。

三度目の山頂ゴールでもある。ニコラにとっては、必ず勝負に出なければならないポイントだ。

動くことがわかっていれば、マークされる。だが、マークされていても、動かなければ勝てない。

平坦コースを走りながらも、ニコラの表情は固かった。ニコラだけではない。ミッコやベレンソンも。レイナはいつも表情を変えないからよくわからないが、メネンコの機嫌だけがいい。

あのあと、ニコラの直感が正しいかどうか、レイナに関する情報を集めてみた。

レイナはこれまでメネンコと同じチームになったこともないし、つながりもない。それどころか、メネンコの復活に関しては新聞や雑誌で、辛辣なコメントをしていた。

元ドーパーに戻ってこられるのは迷惑だ、とまで言っていた。プライドの高いメネンコがそんな彼と組もうとするだろうか。

もちろん、そのコメントが煙幕である可能性もないわけではない。

彼が不正を嫌っていて、クリーンな選手であることは間違いない。ただ、過去のチャンピオンであるモッテルリーニのように修行僧めいたところはない。あくまでも合理的で不正をしない、コンピューターのような選手だ。

レースに関しても、紳士的であることを重んじるよりも、確実に勝つことを選ぶ。

だから、メネンコと絶対組まないとも言い切れないのだ。共同戦線を張ること自体は、不正でもなんでもないのだから。

情報を集めてみたものの、まだニコラの勘違いだとも言えないし、彼の目が正しいともいえない。だが、戦略をとるときに、その可能性は排除せずに頭に入れておいた方がいい。

仲が悪かろうが、ベレンソンとミッコはチームメイトで、レイナとメネンコは組んでいるかもしれない。だとすれば、ニコラだけがたったひとりでこの四人に挑まなくてはならない。

まったく次から次へと困難が立ちはだかる。いちばんの困難は、目の前にそびえ立つ死の山、モン・ヴァントゥだ。

12

巨人が少しずつ近づいてくる。

モン・ヴァントゥに続く道を走りながら、ぼくはずっとそんな感覚にとらわれていた。集団が近づいていくのではなく、近づいてくるのは山なのだと。

過去にレースで走ったことはあるが、そのときのレースは山岳タイムトライアルだった。勝利を目指していないアシスト選手は全力を出す必要はなく、力を温存しながら登った。タイムを意識せずに登ってさえ、この山の険しさは荒涼とした風景と共に身体に刻み込まれている。

ましてや、今日はニコラのアシストとして、トップ集団にできる限り残れるように努力しなくてはならない。考えると、背筋が冷える。

世界の頂点に立つエースたちと同じ速さで山を登る。才能も、持てる肉体もなにもかも違うレベルの選手たちと並ばなければならない。

ぼくは額の汗を拭って、ボトルの水を飲んだ。

空は抜けるように青く、雲ひとつない。少し笑い出したいような気持ちになった。

気温はじりじりと上がっている。今はまだ一定の速度で走っているから、皮膚の熱は風で冷やされる。だが、山を登っている間は速度も落ち、暑さが猛獣のように襲いかかってくるはずだ。

ここさえ切り抜ければ、明日は二回目の休養日がやってくる。一日の休みで身体の疲れが完全にリセットされるはずもないが、翌日にレースがないと考えるだけで、気分はかなり楽だ。

ぼくは、また少し大きくなった巨人を見上げた。

くるならこい。ぼくの力では、この巨人を制することはできないが、せめて爪痕のひとつくらいは残してみせる。

モン・ヴァントゥの麓にやってきた。山岳ステージは、最後の登りになるまでに集団が絞られることが多いが、このステージは違う。平坦コースはタイム差がつきにくいから、ほとんどの選手は残っている。

五人の先行集団はいるが、彼らがこの山を制することができるとは思えない。二十一キロを登りきるのに、トップレベルの選手でも一時間はかかる。七分のタイム差など、この登りで簡単に縮まってしまう。

可愛らしいペンションやカフェが並ぶ麓の村から、登りに入る。ペダルにたしかな抵抗が生まれ、ぼくはぎりりと奥歯を噛んだ。

ここから延々と、ぼくたちは山を登っていくことになる。

横を走っていたニコラがぽつりとつぶやいた。

「暑いな」

今日は比較的風が少なく、だからよけいに体感温度も高い。吐く息の生ぬるさが自分でもわかる。

この山が「死の山」と呼ばれるのは、かつてこの山で死んだ自転車選手がいるからだ。山を登っている最中、熱中症で倒れて、帰らぬ人になった。

この山には不吉なイメージがつきまとっている。かといって、コースを避けるとか、身体に負担がかからないように登るという選択肢は、ぼくたちにはない。レースに組み込まれた以上、全力で走るだけだ。

ニコラは水を飲んでいる。水分をとるのが、唯一の防御方法だ。

「ボトルの水は？」

ニコラに尋ねた。登りに入る前に補給は受け取っているが、少し気になった。

「まだある。でも、頂上までは持たないかもしれない」

勝負がはじまってしまえば、ボトルを追加で取ることはできないかもしれない。

「取ってくるよ。ぼくが余分に持っておく」

フレームのボトルケージに差せるのは二本だが、ジャージのポケットに入れておくことができる。

ぼくは、集団から離れて後ろに下がった。チームカーからボトルをもらう。念のため、三本ボトルをもらい、一本は戻る途中、アルチュールに預けた。残りの二本を後ろのポケットに入れて、ニコラのそばに戻った。

少しずつ、集団からは選手たちが脱落していく。このステージでの勝利も目指さず、アシストとしての役目もない選手たちは、積極的に集団から離れる。ここまでくれば、ゆっくり登ってもタイムアウトになることはない。

あっという間に、集団の人数は半分ほどに減った。

沿道には観戦者がみっしりと連なっている。上に行けば、もっと増えるだろう。上半身裸になって大声を上げている若者の横を通り過ぎる。

ヘルメットの中が暑くて頭から水をかぶりたくなる。あまりの暑さに、ジャージのファスナーを半分下げた。

速度が速い。引いているのはサポネト・カクトのアシスト陣だ。つまり、今日、ミッコかベレンソンが勝負に出るつもりだということだ。

ミッコは山岳があまり得意ではないから、動くとすればベレンソンだ。もちろん、得意でないと言っても、ミッコはツールでの優勝経験もある。登坂力はニコラやレイナには劣っても、他の選手たちには負けない。調子がよければ、勝負に出るかもしれない。

ぼくは空を見上げて、少し考えた。そして結論を出す。ミッコではない。動くのはベレンソンだ。

フィンランド人のミッコは暑さに弱い。苦手な状況がひとつならばチャレンジしただろうが、ふたつ重なれば体力を温存させる方を選ぶだろう。

明日が休養日とはいえ、ツールはまだ一週間ある。

積極的にマークすべきはベレンソンだ。

たぶん、この程度ならば、レイナやメネンコたちも予測している。ニコラだって気づいているはずだ。

ベレンソンを探すと、彼は前方にいた。側にはチーム・ラゾワルのアシストがぴったり張り付いている。

ミッコは少し後ろにいた。エナジーバーをむしゃむしゃと食べている。

ぼくに気づくと、ミッコは目をさっとそらした。

前を向いて考える。今の仕草はミッコらしくない。目をそらされたくらいで傷ついたりはしないが、同じチームにいたときも、そしてこのツールででも、彼がぼくからあんなふうに目をそらしたことはなかったような気がする。

ぼくに気づかれたくないことがあるということか。

少し考えて、ぼくは渇いた唇を舐めた。

もしかすると、今日動くのはミッコかもしれない。


予想は当たった。勾配が急になった瞬間、ミッコが飛び出した。

ぼくが後を追い、彼の後ろにつく。ミッコはにやりと笑った。

「やはり気づかれたか」

そう、たぶん、誰もミッコがアタックするとは予測していなかった。誰も後からついてこない。

ぼくはミッコをぴったりとマークする。このままミッコに張り付いていれば、少しは彼のプレッシャーになる。

思いもかけず、ミッコとふたりで坂を登ることになる。同じチームで走っていたときにはよくあったことだが、敵として走るのははじめてだ。

ちらりと後ろを見ると、集団が追い掛けてくるのが見えた。ニコラもいる。

急に速度が上がったせいで、集団の人数は三十人ほどに減っている。ぼくはミッコに言った。

「仕掛けるのが早すぎないか？」

まだ登りは、半分ほどだ。この先をひとりで逃げ続けるのは簡単なことではない。ぼくはニコラのアシストだから、ミッコの逃げには協力しない。

ミッコは笑った。

「不意を突くにはこの方がいい」

ミッコの表情が妙に明るい気がした。

集団が必死で追いついてくる。先頭を引いてるのはラゾワルのアシストだ。ミッコがまたスピードを上げた。

ミッコのアタックにより、集団の人数はどんどん削られていく。エスパス・テレコムのアシストが前に出て、速度を上げる。

ミッコとぼくは集団に吸収された。ぼくはまた考え込む。

オランジュフランセのジャージが前方に出るのが見えた。アルチュールだ。見回せば、イバイやセルゲイはもう脱落しているようだ。

オランジュフランセのアシストは、ぼくとアルチュールしかいない。

またミッコがアタックする。今度はぼくは続かない。エスパス・テレコムのアシストたちが必死でミッコに追いつこうとする。

ぼくは、ベレンソンの方を向いた。彼は集団の中程で涼しい顔をして登っている。

マイヨ・ジョーヌを着たメネンコが、鋭い口調でチームメイトになにかを言っている。英語ではない。話している相手はカザフスタン人選手だから、ロシア語だろう。

ぼくにはロシア語は理解できない。ベレンソンとミッコも、たぶんロシア語が話せるはずだ。

多言語を操る人間はヨーロッパでは珍しくない。メネンコはアメリカ国籍とはいえロシア人だし、リトアニアはロシア人も多いと聞く。

またミッコが飛び出した。今度は速度を上げて、先に進んでいく。レイナがミッコの後を追った。メネンコは顔をしかめて、レイナに続いた。

ミッコとレイナに先に行かれてしまえば、メネンコのマイヨ・ジョーヌが危うくなる。

ニコラも二人を追おうとする。ぼくはニコラにだけ聞こえる声で言った。

「無理はするな。自分のペースを崩すな」

「えっ？」

驚いて振り返るニコラに言う。

「ミッコは今日の勝ちを狙ってない」

ニコラの目が大きく見開かれた。

「ベレンソンが反応していない。今日のミッコはベレンソンのアシストだ」

早すぎるアタックと、吹っ切れたような明るい顔。自分が総合優勝を狙っているときのミッコはあんな顔はしない。

ミッコは総合優勝をベレンソンに託し、自分はアシストとしてレースを掻き回そうとしている。

過去にツールでの総合優勝も果たし、総合でも三位をキープしている選手が、自分より下位の選手のためにアシストをする。普通ならば考えられないからこそ、総合上位陣も騙される。順位を落としてからでは、レイナやメネンコは動かないだろう。

——歴史は繰り返す、か。

ミッコがベレンソンのためにアシストをするのは、ベレンソンのためだけではない。チームの勝利のため、そしてこれまで自分の勝利に貢献してきたアシストたちのためでもある。

ニコラは軽く頷いて、少し速度を上げた。ぼくもニコラに続く。

前方では、ミッコがアタックをしてメネンコとレイナがそれを追うという戦いが繰り返されていた。

それをぼくとニコラがペースを崩さずに追う。後からベレンソンが追いついてきた。

ベレンソンが口を開く。見た目の印象よりも声が甲高い。

「ミッコはニコラには通じないだろうと言っていた。当たったな」

ぼくは苦笑した。

「話してしまっていいのかい」

「いいさ。シライシは知っているんだろう」

そう、ぼくはミッコが今年から、総合優勝ではなく、ステージ優勝のみを狙う戦い方に切り替えたことを知っている。だが、二週目の終わりで総合三位につけているなら、総合も狙うと思っていた。

もしかすると、はじめからミッコの気持ちは定まっていたのかもしれない。

白い岩や砂だけが広がっている。緑などない荒涼とした景色。声を上げて応援してくれる無数の観客がいなければ、ひどく心細い気持ちになるに違いない。

残り五キロを切ったところで、ミッコは静かに集団から離脱した。

残るは四人の戦いになる。メネンコ、レイナ、ニコラ、ベレンソン。激しくなったデッドヒートに、ぼくもついて行けずに脱落する。

この後は急ぐ必要はない。のんびりゴールを目指しているとミッコが追いついてきた。

「よう。こういうとき、日本語でなんか言うんだったな」

ぼくは笑った。

「『お疲れさま』だよ」

同じチームだったときに、教えたことがある。

「ああ、オツカレサマだ」

ぎこちない口調でそういうミッコに、ぼくは噴き出した。

観客たちはまだ応援してくれるが、先頭集団が走っていたときの激しさはない。

残り一キロを意味する赤いゲート、フラム・ルージュをくぐる。遠くの方にゴールが見える。

一秒でも早く飛び込む必要のないゴール。たぶんミッコにはひさしぶりの感覚だろう。

ミッコは目を細めて笑った。

「この景色も悪くないな」

「だろう？」

ぼくはもうずっと、それを知っているのだ。


その日、優勝したのはレイナだった。

ミッコに掻き回されても、ハビエル・レイナは強かった。コンピューターのような正確さで、残りの三人を振り切り、ゴールに飛び込んだ。

総合順位も、ミッコが完全に脱落した以外は変わらない。だが、ニコラにとっては決して悪い日ではない。

トップのメネンコに、あと四十九秒差まで近づいた。残り一週間、逆転も充分に考えられるタイム差まで追いついたわけだ。ベレンソンも、ニコラから二分遅れの四位だが、ここも逆転は不可能ではない。メネンコと二位のレイナに至っては七秒差しかない。

一位から三位までが一分以内にひしめき合っている。ここから、三つの山岳ステージとひとつのタイムトライアルがあるから、誰が優勝してもおかしくない。展開次第ではベレンソンも絡んでくるだろう。

ただ、チームバスに帰ってきたニコラは座席に座って、深いためいきをついた。優勝できなかったことを悔やんでいるのかと思ったが、彼は背もたれに身体を預けて、監督を見た。

「気づいている？　レイナはぼくやベレンソンにはアタックをしても、メネンコを振り切ろうとはしない」

はっとした。先日、ぼくに言ったのと同じことを、今度はチームメイトにも聞こえるように口にしている。

たぶん、ニコラは確信したのだ。自分の考えが間違っていないと。

監督も小さく頷いた。

「車内のテレビで見た。タイムトライアルで逆転する自信があるのか」

「それなら、ぼくも見逃してくれてもいいのに」

冗談めかして言うニコラに、後ろの席に座っていたイバイが言った。

「ピレネーでの活躍を警戒しているんだろう。だから、なるべくタイム差はつけておきたい」

その考えには一理ある。

メネンコはぼくの目から見ても明らかに疲れている。第一週目に見せたような圧倒的な強さはもう感じられない。今日も、アシストたちの力で、なんとか遅れを取らずにゴールしたようなものだ。

これから一週間、まだ山岳は三日もある。レイナにとっては、自分より若いニコラやベレンソンの方が強敵なのかもしれない。

ニコラはまだ納得できないようだ。

「ぼくなら、過去の英雄に挑んで直接対決したいと思うけど、レイナはそう思わないのかな」

わからない。だが、マイヨ・ジョーヌを着れば報奨金が入る。残りのステージも少なくなってきた今、あえてメネンコだけをターゲットから外す理由は見つからない。

ニコラは口を閉ざした。窓の外に目をやる。

バスはゆっくりと動き出した。

今日はこのまま明後日のスタート地点であるバイヨンヌに向かう。自宅が近いから、ぼくも一度家に帰る予定だ。

休養日に自宅近くまでレースがやってくるなんて、めったにない幸運だ。二泊も自分のベッドで眠ることができる。

いくらマッサージをしても、どこもかしこも疲れている。慣れ親しんだマットレスと枕がたまらなく恋しかった。

ニコラが目を閉じたので、ぼくもこれ以上は考えるのをやめた。

どうやってもレイナの気持ちなど理解できないし、少しだけでもレースのことを忘れたかった。


バイヨンヌの自宅に帰り着いたのは、その日の深夜だった。明日の夜に、一度ミーティングのためにホテルに戻り、明後日の朝にまたチームと合流する。

タクシーで自宅に戻った。電気が消えていたから、自分の鍵でドアを開ける。

パトリシアは眠っているようだった。メールで帰ることは伝えてあったが、自分の生活のリズムを崩すような人ではない。彼女には明日挨拶すればいい。

音を立てないようにシャワーを浴びてから、ベッドにもぐり込んだ。

自分のベッドなのに、なぜか知らない匂いがするような気がする。遠征から帰ったときにはいつも囚われる感覚だ。二日目からはもう忘れてしまう。

いつか、この仕事をやめ、家から離れることがめったになくなれば、この感覚を思い出すこともなくなるのだろう。

そんなことを考えながら、ぼくは吸い込まれるように眠りの淵に落ちていった。


携帯電話の音で目覚めた。低く唸りながら、枕元の充電器から電話を引っこ抜く。

液晶画面には、ヒルダの名前があった。戸惑いながら電話に出る。

「チカ、ごめんなさい。休養日に」

ぼんやりと時計を見上げる。針は十時半を差していた。どちらにせよ、もう起きなければならない時間だ。寝過ぎて身体のリズムが狂うと困る。

「いいよ。ちょうど起こしてくれて助かった」

どうやらアラームをかけずに寝てしまったようだ。

「どうかしたの」

まさか、食事の誘いでもないだろう。問いかけると、ヒルダはかすかに息を詰めた。

「アントニオが病院から姿を消したの」

「えっ？」

聞いた話では、金具で患部を固定する手術をするために一週間ほど入院するという話だった。

「手術は？」

「今日の午後のはずなの。でも、今朝病院からいなくなっているのが見つかって……」

折れているのが鎖骨だけならば、痛みはあるがベッドから動けないわけではない。だが、手術の予定があるのに、どこかに行ってしまうのはおかしい。

「なにか心当たりは？」

「わからない。でも、ドミトリーから花が届いていたの。たぶん昨日のうちに」

ぼくは壁にもたれて天井を仰いだ。

メネンコがなぜそんなことをしたかわからない。だが、アルギにとっては挑発のように思えたかもしれない。

いや、「かもしれない」ではなく、明らかに挑発だ。

「アントニオの携帯電話は？」

「見つからない。たぶん持って出ているわ」

「かけてみた？」

「ええ、でも出ないの」

ぼくは少し考え込んだ。出られない状況なのか。それともヒルダだから出ないのか。

「わかった。チームメイトやスタッフに心当たりがないか聞いてみるよ。ぼくからもかけてみる」

「ごめんなさい。レース中なのに」

「大丈夫だよ。今日はなんの予定もない」

さすがにレースのある日ならばなにもできなかった。休養日でよかったと心から思う。

「なにかあったらまた電話して」

そう言って、電話を切る。チームメイトに最初に電話をしようと思ったが、考え直して伊庭にかける。

「はい」

練習にでも行っているかと思っていたが、タイミングよく電話に出た。

「どうした？　レース中じゃないのか？」

リタイアしてしまうと、休養日がいつかも忘れてしまうらしい。

「休養日だよ。アルギが病院から姿を消した。念のため、メネンコに伝えてほしい」

彼はレース中以外は、ボディガードを連れていると言っていたが、それでも用心した方がいい。

「なぜ。入院しているんだろう」

「こっちが知りたいよ。ラゾワルのエースが花を贈ってね。もしかしたら、それが彼を刺激したのかもしれない」

伊庭は声を出さなかったが、驚いているのは伝わってくる。

「わかった。メネンコに伝えておく」

「頼むよ」

メネンコには怒りを覚えるが、アルギを犯罪者にするわけにはいかない。

電話を切る。チームメイトに連絡する前に、念のためアルギにかけてみる。

呼び出し音が続くだけで、彼は電話に出なかった。

夕方になっても、アルギは見つからなかった。

そろそろ、ミーティングに出かけなくてはならない。支度をしていると、携帯のアラートが鳴った。ＳＮＳで、ニュースが流れてきたようだった。

日本語ならば、ちらりと見ればなんのニュースかだいたいわかるが、フランス語だから意識して読まなければならない。

後で読もうと携帯電話を置いたとき、Tour de France の文字が目に飛び込んできた。

文字列を追ったぼくは、息を呑んだ。

ニュースは、ラス・ウィルソンのチーム・ラゾワルからの解雇を告げていた。

デニムパンツを穿いただけの姿でぼくはベッドに腰を下ろして、ニュースを読んだ。

今日限り、チーム・ラゾワルは、ラス・ウィルソンを解雇する。理由は、過去にドーピング問題に関与していたパハレス医師と、今もつきあいがあること。チームを解雇されたウィルソンはこのままツールをリタイアすることになるということだった。

記事に添えられた写真には会見の様子が写されていた。

真ん中に監督、その隣にはメネンコがいる。両手を顔の前で組み、じっと虚空を睨んでいる。

伊庭の家で会ったときも、彼はこんな顔をしていた。

だが、なぜ今、ウィルソンを解雇するのかわからない。彼はレースで活躍しているとは言えないが、解雇するならばこのタイミングでなくてもいい。

ドーピングをしている可能性が高く、この先検査で陽性を出してしまうかもしれないということなのだろうか。

検査で陽性になってから解雇するより、チームのイメージ自体は守られる。だが、検査でなにも出ていないのにレース半ばで解雇というのはあまりに強引だ。

陽性反応が出てさえ、もうひとつのサンプルを検査してそちらにも陽性反応が出るまでは処分は下されない。ましてや、人間関係だけで解雇などあまり例のないことだ。

もしかすると、契約内容に、その医師との関係を絶つという条件が入れられていたのかもしれない。だとすれば、解雇に至るのもわかるが、自然なことではない。

ぼくはTシャツを着るのも忘れて、じっと携帯画面を見つめた。

記事にはウィルソンの写真もあった。古い写真で、彼はまぶしげに目を細めて笑っていた。


スタッフたちの間では、ウィルソンの解雇の話で持ちきりだった。

今回のレースでは、印象に残るような活躍をしたわけではないが、過去にメネンコとの因縁もある。一度は和解したが、また決裂したのではないかと言う声も聞こえていた。

メカニックのミハエルは過去にウィルソンと同じチームにいたと言っていた。

「契約書を熟読するような奴じゃない。こっそりいつでも解雇できるような一文を忍ばせておいたって気づきゃしないさ」

少し居心地が悪くなる。ぼくもできる限り契約書は読むが、母語でないから、読み落としだってある。同じような選手は他にもいるはずだ。エージェントがつくのは、一流の選手だけだ。

アルギが病院からいなくなったことはみんな知っていたが、深刻に考えているものはいなかった。

「手術が嫌になったんじゃないか?」

マッサーのジェフリーがそんなことを言って笑った。温度差があるのも仕方ない。アルギがメネンコを恨んでいることを知るものは少ない。

アンリエッタだけが、口を閉ざしている。

彼女は、ヒルダがアルギの妹だと聞いて驚いていた。もしかするとメネンコとヒルダが一緒にいるところなども見ていたのかもしれない。

マッサーやメカニックは、選手たちよりも長くこの業界にいて、いろんな選手を見てきている。いいことだけではなく、嫌な事件も。

ぼくは静かに、スタッフたちの輪から抜けて、ミーティングに向かった。

監督の部屋には、すでに選手たちが集まっていた。セルゲイは昨日リタイアした。ニコラとイバイ、アルチュール、ニック、そしてぼく。残っているのは五人だけだ。

まだこの先、アシストが必要な局面はいくらでもある。これ以上人数は減らしたくない。

「アルギは見つかった?」

ニコラの質問に首を横に振る。先ほど、ヒルダからメールが届いていた。

「なんか病院のスタッフと揉めたとかじゃないかなあ」

のんきな口調で言う彼に苦笑する。メネンコとアルギの確執について話してもいいが、ただでさえ、レースのストレスを抱えているニコラによけいな心配はかけたくない。

監督が口を開いた。

「ツールに同行していないスタッフをアルギの自宅に向かわせたよ。もしかしたら帰っているかもしれないから」

礼を言いたくなったが、ぼくがそれを言うのも妙な気がした。後で、ヒルダに連絡しておこう。

ミーティングを終えた後、監督に呼び止められた。

「チカ、ちょっと」

「なんですか?」

他の選手は帰っていく。ニコラが少し心配そうにぼくを見た。

ふたりきりになってから、監督が口を開いた。

「来年の契約は、もう決まったか?」

どきりとする。監督からそれを聞かれるとは思っていなかった。

「まだ……決まっていません」

ツール期間、もっと積極的に就職活動をするつもりだったが、気がかりなことが多くて、なかなか動けずにいた。

監督の表情が、少し柔らかくなった。

「そうか。じゃあ、もう一年、オランジュフランセで走ってみるか」

「え……」

「ステージも取ったし、総合優勝にも絡んでいるからスポンサーの機嫌がいい。少し資金が増えることになった。といっても、年俸は今年と一緒だぞ」

「もちろん、かまいません」

ぼくは勢い込んで答えた。焦らして、年俸を交渉するなんて考えられなかった。

監督は、唇を引き上げるように笑った。

「来年もこき使うぞ」

「いくらでも」

来年もここで走ることができるのなら、どんな過酷なコースでもかまわない。


不安がひとつ消えたというだけで、世界はまるで違って見える。

来年もまだここにいられる。ツールに出られるかどうかはわからなくても、そこに挑戦することはできるのだ。

まだレースは途中で、アルギは見つかっていないというのに、ぼくの足取りは軽い。さすがに祝杯を挙げるわけにはいかないが、帰り道、コーヒーの一杯くらいは飲んでもいいような気がした。

行きつけのカフェに入り、立ったままエスプレッソを注文する。

薄暗い店内は混雑していた。軽く見渡しただけで、プレスの関係者や他のチームのスタッフがいるのがわかる。

分厚い陶器のカップが前に置かれる。ぼくは添えられたスティックシュガーをエスプレッソに入れて、スプーンで混ぜた。

漏れ聞こえてくる話題は、やはりウィルソンの解雇のことだった。

「仕方ない。メネンコは今、イメージを大事にしているからな」

「でも、ウィルソンはパハレスを切ることができないだろう。仕事がなかったときにずいぶん世話になったらしいから」

「でも、ウィルソンはドーパーじゃない。ドーパーはメネンコの方だ」

「先に糾弾した方が正しく見えることはあるな。メネンコはそれを知っている。策士だよ」

「たしか、新しい自転車メーカーだって？」

「ああ、自転車選手から実業家に鞍替えだ。ラゾワルのオーナーも嚙んでいるらしい」

頭の中に、ウィルソンの言葉が浮かぶ。

――メネンコはイストワールを欲しがっている。それが彼の目的だ。

一度の過ちで、これまでの歴史をすべて奪い取られた。勝利の記録だけではなく、ファンからの賞賛も名声も。

だから、メネンコはそれを取り戻そうとしている。

実業家として生きるためには、それは大きな武器だ。

だが、一方であまりにも迂闊だ。ヒルダにしたことさえ、悔やんでないようにも見えるし、アルギを挑発するような態度まで取る。

なによりもイメージを重視するならば、パハレス医師と関わりの深いウィルソンをチームに迎える必要はない。

メネンコの行動は矛盾している。その矛盾が恐ろしい気がした。彼のやることにはすべて意味がある。

13

時計は夜九時半を差していた。

フランスでは夏の夕暮れは遅い。夜十時になって、ようやく夜らしくなる。だが、流れる時間は同じだ。ぼくが自由でいられるのも、あと半日。明日の朝にはチームに合流しなければならない。

二週間走り続けた疲労は、ふくらはぎや身体の端々に蓄積していて、一晩寝たぐらいでは消えない。アラームをかけずにベッドに入ったら二十四時間眠り続けてしまいそうだ。

だが、レースに戻りたくないとは思わない。どちらにせよ、あと七日。平坦ステージが二日と、タイムトライアルが一日、最終日のパレード走行があるから、ぼくが働けるのはたった三日だ。

チームのエースは優勝に手が届く場所にいる。その、かすかな距離を縮めるのがどれほど困難なものであろうとも、望みがないわけではない。

三週目に優勝の望みを持っていられることが、どれほど幸せなことかは、ツールを走ったことがある選手たちはみな知っている。

カフェを出る前に、ぼくはもう一度アルギの携帯に電話をかけた。ヒルダから連絡を受けて、もう何度もかけているが、一度も電話は取られない。電源が入っていないか、電波の届かない場所にいるなら、そうアナウンスがあるはずだから、電源は入っているはずだ。

一瞬、嫌な想像をする。電話に出られないような状況にあるのではないだろうか。もともとアルギは怪我人だ。鎮痛剤が効いている間に病院を出たはいいが、薬の効果が切れて、動けなくなったということも充分ありえる。

不安を振り払う。彼のことは、チームスタッフとヒルダが探しているし、アルギだってそう無茶なことはしないだろう。

大丈夫だ。電話に出たくないだけなのだ。

だが、なぜ、アルギは病院から姿を消したのか。

そう思った瞬間、呼び出し音が消えた。電話の向こうに息づかいを感じた。

「アントニオ？」

電話はすぐに切れた。もう一度かけたが、今度は電源が切られていた。

動揺が伝わってきたように感じたのは気のせいだろうか。気配だけで、それが誰かわかるわけではないのに、間違いなくアルギだと思った。

単にぼくがそうあってほしいと思っているだけなのだろうか。

念のため、ヒルダに電話をかけた。

呼び出し音が鳴るのと、ほぼ同時に電話が取られる。

「チカ？」

切迫した、すがりつくような声。電話をかけたことを少しだけ後悔した。ぼくの名前が液晶画面に映し出されて、話をするまでの数秒間、彼女に無駄な期待を抱かせてしまったかもしれない。

「アントニオは見つかった？」

そう言うと、彼女は小さくためいきをついた。

「まだよ。友達や親戚には連絡しているのだけど……」

「さっき、携帯にかけたとき、一瞬誰かが出たんだ」

「本当？」

「ああ、名前を呼んだら切れた。声を聞いていないから、アントニオだとは断言できないけれど……」

ヒルダは一瞬、口ごもったが話を続けた。

「アントニオは自分で病院を出て行ったの。警備員の男性が見ていたわ。ひとりだったって」

誰かに連れ去られたというわけではないようだ。

「ねえ、チカ。彼に呼びかけて。電話に出たということは、チカと話したいのかもしれない」

「わかった。レースの時間は無理だが、合間にかけてみるよ」

電源が切られたのは、ぼくと話したくないわけではなく、バッテリーがなくなったのかもしれない。

自分にできることは最善を尽くし、そうでないことはなるべく楽観的に考える。そうでなければ自転車ロードレースの選手などやってられない。

「ごめんなさい。チカ。いろいろお願いしてしまって」

「そんな。なにも役に立てていないよ」

今日したのも、スタッフに連絡したり、アルギに何度か電話をかけたくらいだ。

「でも、レース中もアントニオのことを頼んでしまった」

「気にするなよ。アントニオはチームメイトだ」

「でも……」

「きみが気になるのなら、代わりにいつか、食事でも付き合ってくれ」

そんなことばが自然に口から出たことに、自分でも驚いた。女性に対する振る舞いだけは、何年経ってもフランス流に慣れることはないと思っていたが、いつの間にか身についていたらしい。

ヒルダが、少しだけ笑った。

「ええ、喜んで」

OKがもらえたことよりも、彼女が笑ってくれたことの方がうれしかった。

「じゃあ、また連絡する。きみも無理をしないで」

「ええ、チカも。幸運を祈るわ」

ヒルダの祈ってくれた幸運をぼくは胸に抱きしめる。

次にきみに会うときに、ふたりとも笑っていられるようにと祈りながら。


結局、その夜、アルギと電話はつながらなかった。朝になってからも一度電話をしたが、彼は出なかった。電源は入っていたから、あれから充電をしたか、電源を入れ直したのだろう。

支度をして、荷物を詰め直し、チームメイトたちが泊まっているホテルに向かう。今日から三日が正念場だ。

チームバスに乗り込んで、窓際の席に座っていると、遅れてやってきたニコラが隣に座った。ツールがはじまった頃よりも顔色はいいし、目にも強い輝きがある。

「調子よさそうだな」

「ここまできたら、後のことは考えなくていいからね」

二週目までは、三週目に向けて体力を残しておかなくてはならないが、後は全力を出し切るだけだ。

ニコラは、今、総合三位だ。このままの成績を守っても、表彰台に上ることができる。総合三位でも素晴らしい成績であることに変わりはない。ほとんどの選手は、そこにすら辿り着けない。

だが、ニコラは守ることを考えてはいないのだろう。

目指すは表彰台の一番高い場所だ。

「アントニオは、見つかった？」

そう尋ねられて首を振る。

「まだだよ。なにもないといいんだけれど……」

「彼に、なにかあったのか？」

説明が難しい。山岳ステージを前にして、ニコラによけいな心配をかけたくないのも事実だが、尋ねられているのに隠すのも嫌だった。

他の選手やスタッフに聞こえないように声をひそめた。

「アントニオは、メネンコと少しいざこざがあってね。彼に腹を立てている。なのに、病室にメネンコから花が届いた。たぶん、遠回しな挑発だろう」

初めて聞くのだろう。ニコラは驚いたようにまばたきをした。

「アントニオが、メネンコを殴るかもしれないってこと？」

「鎖骨を骨折しているから、難しいとは思うけど……」

だが、口げんかをふっかけるだけで済むだろうか。なにを言われても、メネンコは動揺しない気がした。

「まさか銃で撃ったりはしないだろうけど……」

「やめてくれ」

ぞっとするようなことを言われて、ぼくは身震いした。

フランスでも、銃所持には許可がいるが、それでも日本にくらべれば手に入りやすい。護身用の所持も認められているし、軍人や警察が、自動小銃を手にしているのもよく見る。

「そもそも、鎖骨を骨折していたら、銃は撃てないか」

ニコラがそう言ったので、ぼくも頷く。経験したことはないが、力が必要なことは知っている。

「殴るくらいなら好きにさせればいいのに。メネンコだって、殴られるかもしれないってことがわかってて、花を贈ったんだろう」

「無茶を言うなよ。チームメイトが暴力沙汰を起こすとチームが迷惑を被る」

ニコラのきょとんとした顔を見て、ぼくは気づいた。

ここは日本ではない。もうリタイアした以上、アルギがなにをしようがニコラには関係ない。

あくまでもアルギの問題だ。何事にも連帯責任を取らせたがる日本人と違い、フランス人はチームメイトに責任があるなどとは考えないだろう。

「ヒルダが心配しているんだ。アントニオの妹だ」

そう言うと、ニコラは納得した顔になった。

「ああ、チカは彼女とよく話していたものな」

シートにもたれながら、ぼくは胸がざわつくのを感じた。

今、ニコラがなにか重要なことを言ったのに、それを捕らえ損ねてしまった気がするのだ。

バスが動き始めた。ぼくはアルギのことを、頭から追い出した。

これからピレネーを越えなければならない。


スタート地点にはもう選手たちが集まっていた。

出走サインをする順番を待つ。ずいぶん人数も減った。三分の一以上の選手がリタイアし、集団も小さくなっている。

あと七日で、何人の選手が脱落していくのだろう。伊庭もアルギももうここにはいない。

できることなら、最終日、シャンゼリゼを走り抜けたい。コンコルド広場を通り、凱旋門に向かって走るあのコースは、たとえ不本意な結果に終わっていても晴れやかな気持ちになれる。

だが、それを決めるのはぼくではなく、運命だ。

ふと、横をマイヨ・ジョーヌが通り過ぎていく。ぼくは足を止めて、メネンコを見送った。同じレースを走っているから、毎日顔を合わせる。これまでの彼は、いつも余裕たっぷりに振る舞っていた。取材陣に向かって手を振り、インタビューにも丁寧に答えていた。

だが、今日は群がるメディア関係者を、手で押しのけて歩いて行く。表情も、これまでとはまるで違って険しかった。

休養日の間になにかがあったのか、それともピレネーを前に、緊張を隠せないのか。

思えば、テレビで見る全盛期のメネンコは、いつもこんな顔をしていた。むしろ、一昨日までのメネンコの方が、彼らしくないとも言える。

今日はコル・ドービスクを越え、コル・デュ・トゥルマレの山頂ゴールを目指す。ふたつの超級山岳がレースに組み込まれた最難関ステージだ。

今日でレースの行方は決まってしまうかもしれない。優勝争いに絡んでいる選手で、余裕のある者などいない。それはアシストたちだって同じだ。

軽く肩を叩かれて振り返ると、ジェレミー・イェンがいた。休養日前に落車に巻き込まれたせいで、顔に擦り傷がある。いい男なのにもったいない。

「きみのところのエースは不機嫌だな」

「ああ、スター選手は扱いにくい」

イェンは小声でそう言って、にやりと笑った。

「ウィルソンのせいかな」

「いや、監督が解雇はツールが終わってからでいいんじゃないかと言っていたのに、ドミトリーが解雇するべきだと主張したんだ。ウィルソンに関しては、ドミトリーは自分の意見を通したはずだ」

「ウィルソンは？　納得して帰ったのか？」

「荷物をまとめて帰ったが、納得したかどうかは知らないよ」

別れが言いたかった、と少し思った。

何日か前、カフェで彼と話をしたときのことを思い出す。

――メネンコはイストワールを欲しがってる。

あの意味をぼくは問いただすことができなかった。山岳ステージの前にワインで酔いつぶれるような男だったが、彼にはぼくに見えないものが見えていた。

――おまえの物語は悪くない。おまえは、きっと来年もここで走っているさ。

来年もツールに出られるかどうかはわからないが、来年もオランジュフランセで走れることになった。ウィルソンの読みのうち、ひとつは当たった。

――俺はしくじったよ。もう俺の物語を読みたがるものはいない。

気怠げに、少し笑いながらそう言った彼を思い出す。

彼はそのことば通り、自転車レース界から立ち去ってしまうのだろうか。彼の物語をもっと読みたいというのは、無理な願いなのだろうか。

胸が痛いのは、彼の姿に自分の未来を見てしまうからだ。

自分からドーピングに手を染める気持ちはなくても、スタッフや信頼している人間がそれに関わっていないとは断言できない。知らずに食べたもののせいで、検査で引っかかった選手もいる。いつ自分が断罪される立場になるかわからない。言い訳もできずに、レースを追われるように去って行くことになるかもしれない。

走れるのなら、誰にだって尻尾を振ると言っていたウィルソンが、こんなふうに立ち去ることに納得できたとは思えない。

イェンは、もう一度ぼくの肩を軽く叩いた。

「お互い頑張ろう。悔いのないようにな」

ぼくは、頷いて笑った。

悔いなくレースを終えられる選手が、どれだけいるだろう。


コル・デュ・トゥルマレを走るのははじめてではない。

ツールにはほぼ毎回と言っていいほど組み込まれる山だ。標高は二千百十五メートル、最大勾配は十パーセント。毎回、激戦が繰り広げられる峠だから、この峠を制した者には、主催者からのボーナスが出ることになっている。

もしもニコラが優勝争いに絡んでなくて、トゥルマレがゴールでなければチャレンジしてみたいような気もするが、今年のようにレース終盤の、しかも山頂ゴールに設定されてしまえば、ぼくの出る幕ではない。

トゥルマレに入ってから、急に霧が濃くなった。明け方に雨が降ったから、そのせいだろう。気温も下がりはじめる。

暑さに悩まされることがないのはいいが、きっと山頂は夏とは思えない寒さになるはずだ。

霧のせいで、身体がじっとりと濡れる。コル・ドービスクで集団はがたんと減り、三十人ほどに絞られている。

もちろん、ニコラやレイナ、メネンコ、ベレンソンといった総合争い上位の選手は、しっかりと残っている。

ミッコの姿はない。コル・ドービスクで早々に切れていったのを確認した。体力を温存して、第十九ステージのタイムトライアルに備えるつもりだろう。

表彰台をあきらめたのなら、順位に固執しない。たとえ総合順位が下がっても、ステージ優勝をあげられる可能性があれば、それにかける。

なにかを切り捨て、なにかを選び取る。ステージレースは、常にそういう選択を迫られている。

ぼくは、自分の勝利や順位を上げることを考えず、ただニコラのために走る。

自分の切り捨てたもののことを考えないわけではない。ときどき、自分のために走ってみればどんな気分になるだろうと思うことがある。

ただ、切り捨てたのではない、もっと大きな目標のために捨て去ったのだ、そう思えば、少しだけ心は晴れる。

霧がじっとりと皮膚を濡らしていく。ぼくはひたすらにペダルを踏んだ。

集団を引いているのは、エスパス・テレコムの選手たちだ。レイナのために、集団を絞り、人数を減らす。

本当は、オランジュフランセも、その戦略をとりたい。だが、すでにアシストが減りすぎている。集団に残っているのは、ニコラのほかには、ぼくとアルチュールだけだ。

横を走っているメネンコが目についた。

口が開いている。レース途中、口が開くのは呼吸が苦しくなってきている証拠だ。額には汗がびっしりと浮かんでいる。

平静を装っているが、登りがきついのだ。

まわりの選手たちも、それに気づきはじめている。ベレンソンが前の方に上がっていった。今、ベレンソンは四位だが、メネンコが力尽きて脱落すれば、三位に上がることができる。新人で表彰台に上がることができれば、充分大活躍だ。

ベレンソンの白い新人賞ジャージを見るたび、かすかに胸が痛む。

ニコラは、このジャージを見るたびに、ドニのことを思い出すはずだ。ぼくなどより、もっと強く。

メネンコの横に、レイナがきた。メネンコがレイナになにか話しかける。

メネンコがなにを言ったのかは聞き取れなかった。だが、レイナの返事だけは聞こえた。

レイナは言った。

「もう、時間切れだ」と。


勾配のいちばんきつい箇所に差し掛かる。

メネンコの顔が歪んでいくのが見えた。彼は苦しんでいる。これまでも山岳では苦しそうな顔を見せていたが、それでもなんとか取り繕っていた。

今は、ラゾワルのアシストたちに守られて、必死でペダルを踏んでいる。

総合優勝候補たちが、それを見逃すはずはない。

ニコラが飛び出すのが見えた。レイナも追う。

メネンコが低く唸るのが聞こえた。彼はギアをインナーに入れて、ペダルに力を込めた。ニコラたちを追う。

後を追いながら思う。

もしかすると、メネンコのマイヨ・ジョーヌは今日で終わるかもしれない。

ニコラとレイナが、アタック合戦を繰り広げているせいで、速度はまた上がる。

集団からは、選手が次々脱落していった。ぼくもついていくのがやっとだ。

メネンコは汗だくだった。息も荒い。

あきらかに体力の限界を超えている。精神力だけで、最終集団にしがみついているような状態だった。

体力の限界を超えてまでペダルを踏むことは、いい結果を生まない。レースは明日も続く。無理をした代償は、明日の疲労へつながる。

もうベテランで、そんなことはぼくよりもよく知っているはずなのに、メネンコは力を緩めようとはしない。

今、無理をするよりは、少しニコラやレイナに引き離されても、ペースを乱さずに黙々と登る方がいいはずだ。

観客たちは、ニコラとレイナの一騎打ちに目を奪われて、誰もメネンコの方など見ない。メネンコが疲れ切って、苦しそうなことはわかるのだろう。

優勝争いから脱落すれば、観客の興味はあっという間に離れていく。今、マイヨ・ジョーヌを着ているのは、メネンコだというのに。

レイナが飛び出していく。メネンコの唇の端には白い泡が浮いていた。

——彼はイストワールを欲しがっている。

物語、歴史、彼から奪われることになった、すべてのものを取り戻そうとしている。

速度が上がる。ぼくももうついて行けない。

なのに、ぼくより苦しそうなメネンコは、集団に食らいつく。もうボロボロに見えるのに、それでもペダルを踏み続ける。

一瞬、ぼくはすべてを忘れた。

彼がドーピングに手を染めたことも、ヒルダにしたことも、ウィルソンへの扱いも。

彼はぼくのヒーローで、そして彼のように走りたいと思っていた。

遠ざかっていくマイヨ・ジョーヌをぼくは見送る。

忘れられるのは一瞬だけで、この先も彼に憧れ続けることはない。だが、その強い意志には、敬意を払う。

ぼくにできることはそれだけだ。


優勝したのは、ニコラだった。

二位にベレンソン。三位はレイナ。そして、四位でメネンコがゴールした。

順位を聞いて、驚いた。あれほどボロボロだったメネンコだが、レイナからたった六秒のタイム差しかついていない。

それでもマイヨ・ジョーヌはレイナに移る。三位でゴールしたレイナにはボーナスタイムが三秒ある。タイム差は全部で九秒。

これまでの総合タイム差が七秒だから、今日は二秒だけレイナが勝ったことになる。

たった二秒。一日、五時間から六時間、十五日間走り続けて、たった二秒のタイム差が運命を分ける。ツール・ド・フランスがどれほど過酷なレースか、それでわかるはずだ。

ニコラはベレンソンから十秒、レイナからも十二秒のタイム差をもぎ取った。ボーナスタイムが十五秒だから、トップのレイナとは、トータルで十八秒差まで近づいたことになる。

ベレンソンとのタイム差は二分十八秒。ニコラとベレンソンの間は開いたが、ベレンソンも、総合一位とのタイム差は詰めてきている。

数字だけ見れば、四位までは誰が優勝してもおかしくはない。だが、多くの観客や選手たちは気づいていた。

メネンコがここから挽回して、マイヨ・ジョーヌを取り戻すことは難しい、と。

表彰式を終え、チームバスに乗り込んできたニコラが言った。

「メネンコは倒れ込んで、酸素スプレーを吸い込んでいた。あのまま担架で運ばれそうなほどだった」

そこまで疲れ切ってしまえば、明日は今日よりパフォーマンスが落ちる。これは気力でどうなるものでもない。肉体はそう簡単にリカバリできるものではないのだ。

ニコラの表情は晴れやかで、髪には紙吹雪がまだ引っかかっていた。ぼくは手を伸ばして、それを取った。

「ああ、ありがとう」

ぼくは声を落として、ニコラに言った。

「今日は、レイナはメネンコを振り切ったな」

ニコラは頷いた。

「結託していると思ったのは、ぼくの勘違いかもしれない」

レイナは「時間切れだ」と言った。二週目までは共に戦うという約束だったのだろうか。

だが、それもあまりに不自然だ。

そういえば、ニコラにまだお祝いを言っていなかった。

「ステージ優勝おめでとう」

ニコラは少し面はゆげに笑った。

「ありがとう。でも、まだだ。山岳はあと二日しかない。レイナからマイヨ・ジョーヌを奪い取りたい」

そう。ニコラがレイナやメネンコを追い抜いて総合一位になるためには、あと二日の山岳でタイム差をつけるしかない。そこで追い抜けなければ、残りの四日間での挽回は難しいし、たとえ追い抜いたとしても、タイムトライアルでまたタイム差をつけられてしまうかもしれない。

「だから、お祝いを言うのはその後にしてくれ」

ホテルに帰ってから、アルギに電話をかけた。

また呼び出し音が響く。息をひそめて、ぼくは電話が取られるのを待った。

十回、二十回。ただ鳴り続ける呼び出し音を聞いた。

ぶつり、と呼び出し音が切れた。はっとする。電話の向こうに沈黙があった。

「アントニオか？　今どこにいる？」

答えはない。切られないように祈りながら、ぼくは彼にスペイン語で話しかけた。

「大丈夫か。すぐに病院に戻ってくれ。ヒルダが心配している」

返事はない。だが、電話は切られない。向こうでアルギが聞いている気がした。

ゆっくりと話す。

「メネンコから送られてきたのは、花だけではなかったんだろう？」

確信はない。だが、花だけならば、アルギが病院から飛び出すほど激昂するはずはない。

添えられていたのは、手紙か、それとも。

はじめて声が聞こえた。

「写真が……」

動揺と安堵。まったく違うふたつの感情が押し寄せる。

聞こえてきた声は、間違いなくアルギのものだった。彼は無事で、自分から病院を出て行った。

誰かに連れ去られたわけではなく、そして今も無事だ。

写真がどういうものなのかは、あえて考えないようにする。ヒルダの名誉を貶めるようなものであることは間違いないだろう。

ぼくは話し続けた。

「きみの怒りは理解できる。その怒りは正当なものだ。だが、せめてそれはヒルダに返してやってほしい」

「ヒルダに返す？」

「きみだけでなく、ぼくもなにがあったかを聞いて、怒りを覚えた。だが、いちばん怒りを覚えているのはヒルダじゃないのか。きみがもし、メネンコに暴力をふるい、それによって逮捕でもされてしまえば、ヒルダはもっと苦しむ。自分を責めるようになる。わかるだろう」

沈黙が続く。だが、少なくとも、彼はぼくのことばを聞いてくれている。

「ヒルダをこれ以上傷つけたくないんだ」

「俺もだ。俺はあいつを愛している」

「だったら、病院に帰ってくれ。それがいちばんヒルダのためだ」

呼吸の音だけが聞こえてきた。

「なあ、頼む。今、どこにいる？」

「ポーの町に……」

はっとする。ツールを走る選手のほとんどが、ポーに滞在している。もちろんオランジュフランセや、そしてチーム・ラゾワルも。

「会えるか？　今どこにいる？」

「ホテルに行く」

素直にそう言うアルギに、ぼくは胸をなで下ろした。

電話を切って、ぼくはヒルダにかけ直した。

「チカ？」

「アントニオが見つかった。ポーにいる。これからホテルにくると言っている」

「ああ……！」

ヒルダは感極まったように叫んだ。

「迎えに行くわ。すぐに」

「今、どこにいる？」

「モンペリエよ。アントニオが入院していた病院の近くに」

だとすれば、ポーまでは車でこられるはずだ。

「チカ、ありがとう。感謝するわ」

「お礼は、アントニオを無事に保護してからにしてくれ。それと、昨日言った食事も忘れないで」

「ええ、ありがとう」

ロビーに行くと、すでに青白い顔をしたアルギが立っていた。

駆け寄ると、彼は力が抜けたようにその場にしゃがみ込んだ。

「大丈夫か？」

思わずそう聞いてしまったが、骨折しているのだ。歩き回って大丈夫なはずはない。

「すまない。チカ」

「気にするな。電話に出てくれてよかった」

スタッフを誰か呼んで、ついていてもらうか。それともトゥールーズあたりまで送って、ヒルダとそこで落ち合うかは後で相談すればいい。

アルギはかすれた声で言った。

「写真はどうしよう」

迷う前に口が開いた。

「燃やせばいい。ヒルダに言う必要もない」

誰も見ずに、アルギが忘れれば、写真などこの世にないのと同じだ。

その写真が本物であろうと、なにが写っていようと関係ない。それはアルギを引きずり出す罠だ。


ヒルダとも相談して、トゥールーズまでアンリエッタが送っていくことになった。

すでに選手の数も減っているから、マッサーの仕事も少なくなっている。アンリエッタが半日いなくてもなんとかなる。

車に乗り込んだアルギが、力なく言った。

「ニコラにお祝いを言っておいてくれ。優勝おめでとう、と」

ぼくは笑った。

「ニコラが言っていた。総合優勝してからにしてくれって」

ニコラには希望がある。その希望はぼくらのものでもあるのだ。

14

部屋に帰ってからも、神経の高ぶりのせいか、なかなか眠ることができなかった。

ニコラはすでに隣のベッドで規則正しい寝息を立てている。うらやましく、そして頼もしい。ツール序盤で、ひどくナーバスになっていたニコラはもういない。

調子を崩しているらしいメネンコはともかく、レイナはいまだ強敵で、勝つのは簡単なことではない。

だが、アシストであるぼくにもわかる。選手にとって、いちばんのガソリンは勝つことだ。耐えるだけだった前半と違い、二回ステージ優勝をあげたニコラの表情は明るい。勝利への渇望が、身体の中で荒れ狂っているはずだ。

しっかりと食べ、眠り、残り少ないレースに備える。今、彼を突き動かしているのは勝ちたいという強い意志だろう。

あと二日、ぼくはすべての力を出し切ってニコラをアシストしなければならない。そのためにはよく眠って身体を休める必要がある。

リラックスするために、いいことを数える。

アルギは見つかり、ぼくは来年の契約を決めた。ニコラはステージ優勝を二回もあげ、そして最終週まで優勝争いに絡んでいる。優勝できなかったとしても、最悪のツールとは言えないはずだ。

他の選手たちはどうだろう。

ミッコは成績を大きく落としたが、彼はそうなることを覚悟していた。プロのアスリートである以上、どこかで下り坂になり、どこかで幕を引くことは決まっている。ミッコは自分で、オールラウンダーであることから下りて、タイムトライアルに特化して戦うことに決めた。自分で決断できることはある意味、幸福なことだ。

ベレンソンにとっては、間違いなく輝かしいツールだろう。レイナはマイヨ・ジョーヌを着ているが、彼がこのツールを晴れやかに終えるためには、表彰台の真ん中に立つしかない。優勝しなければ、失望される。それだけの年俸をもらっているとはいえ、スター選手というのもなかなか息苦しい。

そして、メネンコは。

ブランクのことを考えれば、この成績でも充分、印象を残したはずだ。彼の最盛期よりも精度の高まったドーピング検査に引っかからず、クリーンな状態でここまでの成績を残せたのなら、彼の名に刻まれたスティグマも、薄めることはできたのではないだろうか。

彼が主張していた通り、薬物に手を染めたのは、検査で陽性が出た一回だけだと信じる人も増えるはずだ。

——メネンコはイストワールを欲しがっている。

彼の欲しかった物語は、手に入ったのか。それともまだ足りないのか。もう、マイヨ・ジョーヌが彼の手に戻ることはないだろう。それは、彼が望んだ結末なのだろうか。
だが、アスリートの中で、望む結末を手に入れられる人間がどのくらいいるだろう。
多くの敗者と一握りの勝者。だからこそ、スポーツに人は熱狂するのだ。

第十五ステージは、超級山岳プラトー・ド・ベイユを含む過酷なステージだった。山頂ゴールではなく、下りきってからのゴールになるから、ニコラにとっては第十四ステージほど有利なコースではない。

ニコラはもともと、あまり下りが得意ではないし、小柄な選手はどうしても下りで不利になりやすい。

下りに自信があるぼくが、彼を引くことができればいちばんいいのだが、ぼくが最終グループに残って、プラトー・ド・ベイユを越えることは簡単ではない。

アシストという役目は因果なもので、自分がどれほど役に立っているのかわからなくなる。確実に役に立ったと実感できるレースもあるが、最終グループについていけずに力尽きたときなど、自分が不甲斐なくなる。

だから、できることなら、このステージはニコラを最後まで連れて行きたい。それができれば、完走できなくてもかまわないと思う。

明日の第十六ステージは、山岳といえども、超級は含んでいない。短い間隔でアップダウンを繰り返すコースはニコラに向いているし、他のアシストたちでも充分対処できるはずだ。

出走サインをしているときに、まわりがざわついた。サインをするために台の上に上がってきたのは、メネンコだった。

ぼくと一瞬目が合ったが、表情すら変えない。

マイヨ・ジョーヌを脱ぎ、ラゾワルの黒いジャージに着替えた彼は、妙に小さく見えた。険しい表情、まわりを寄せ付けない空気はむしろ、最盛期のものに近い。

ふいに思った。彼は誰のことも信用していないように見える。

最盛期も、そして今も。

それは戦う人間の、ひとつの姿勢なのかもしれない。だが、チームスポーツで誰のことも信じずに戦うことは、そもそも難しい。

信じないのなら、操るか、君臨するしかない。

だが、それは苦しくはないのだろうか。ぼくはそんなことを考えながら、サインペンを置いて、台を下りる。

メネンコは人を操ろうとしている。脅しや甘い餌や、なだめすかしなどで。アルギはそれに操られて、病室を飛び出した。

だが、操ってなにをさせようとしているのか。

自分の自転車にまたがり、スタート地点に向かう。マイヨ・ジョーヌを着てインタビューを受けるレイナの横を通り抜ける。

ニコラはすでにスタート地点にいた。ぼくを見つけて手を振る。彼の表情が明るいことが、ぼくの救いだ。

レースがはじまってすぐに、雨が降り始めた。

雨具を着るため、集団のペースが落ちる。ぼくも走りながら、ウインドブレーカーとシューズカバーを身につけた。

無線を聞く限り、プラトー・ド・ベイユは大荒れの天気らしい。だが、荒れた方がまだ勝機がある。順調なレース運びでは、レイナを追い抜くことは難しい。

雨に体力さえ奪われなければ、ぼくやニコラは悪天候には強い方だ。この雨がいい方に転ぶか、悪い結果になるかはまだわからないから、楽観的でいる方がいい。

何人かの選手が飛び出すのがわかった。このレースで少しでも爪痕を残そうとする選手たちだ。エスパス・テレコムの選手たちは追わない。プラトー・ド・ベイユまでに捕まえればいい。

無線からレースの状況が聞こえてくる。先行集団は七人。多いが、多すぎることはない。

飛び出した選手の中に、ジェレミー・イェンの名を聞いて、ぼくははっとした。これはラゾワルの戦略か、それともイェンが勝手に動いたのか。

ラゾワルの選手たちの気持ちも、少しずつばらばらになってきているような気がする。あれほど、強固にメネンコをガードしていたのに、今はメネンコの側にいるのはひとりかふたりだけだ。ウィルソンを解雇したことで、他の選手たちの連携にも歪みが出たのかもしれないが、それだけではないような気がした。

雨がいっそう強くなる。ぼくはウインドブレーカーのファスナーを上まであげた。少しでも身体が濡れるのを防いで、体温を保たなくてはならない。

今日は気温が低いから、体温が下がれば命取りだ。

ヨーロッパの気温は、日本よりも高低差が激しい。真夏でも雨が降れば、平地でも二十度を切ることはざらにある。しかも千七百メートル級の山なのだから、体感温度は冬並みだ。

それでも、蒸し暑い日の雨よりはマシだと思う。ウインドブレーカーの中が蒸れたようになり息苦しくなる。今日のように寒い日は、防寒と防水に徹すればいい。

エスパス・テレコムは、軍隊のように確実に速度を上げ、ラ・コルの半ばで逃げ集団の一部を捕まえた。まだ四人が前で逃げているが、ジェレミーが吸収される。

ぼくは後ろに下がろうとするジェレミーの横に並んだ。

こういうとき、日本語で「お疲れさま」と言いたくなる。ぴったりくるような英語やフランス語をぼくは知らない。

「いい日だったかい？」

そう尋ねると、ジェレミーはウインクをした。

「まあ、それなりにね。もともと、このステージを狙ってた。あとは明日だな」

パンチャータイプのジェレミーは、アップダウンの多いステージを得意としている。だが、かすかな違和感があった。

もうメネンコは勝利をあきらめたのか。普通なら、この後半のステージは総合優勝争いが苛烈になるはずだ。

ジェレミーは急に表情を変えて口をつぐんだ。

そう、力を出し切った後は、どうしても口が軽くなる。自制心のたがが緩む。ぼくはなにも気づいていないような顔で、彼に笑いかけた。

疑問は心の中で大きくなる。まるで、メネンコがはじめから、途中失速することがわかっていたような言い方だった。

前半、彼はあれほど強かったのに。

いや、もしかするとわかっていたのかもしれない。

もし、メネンコが完走を目指さず、マイヨ・ジョーヌを途中まで着て、リタイアする予定だったなら、彼がレイナと共謀していたように見えたことにも説明がつく。

レイナも、メネンコが最終週まで残らないことを知っていた。だから、メネンコはマークせず、ニコラや他の選手だけをマークしていた。

――メネンコはイストワールを欲しがっている。

優勝の必要はなかったのかもしれない。ツールに出て、クリーンなやり方でマイヨ・ジョーヌを着てみせる。それが、彼を広告塔とした次のビジネスにつながる。

他の選手が三週間走るはずのところを、二週間でやめるつもりで力を出し切る。もともと実力のある選手なのだから、そうすれば充分、他の選手と戦える。

ミッコが総合を狙わないことは、情報を集めればわかるはずだ。だが、ニコラは強敵だ。

そう考えて、ぼくははっとした。

プロローグのドニの幽霊。あれはニコラにダメージを与えるために計画されたのではないだろうか。

ドニとニコラの仲がよかったことは、多くの選手が知っている。

ニコラが活躍するのは、中盤以降のアルプスとピレネーだ。最初にダメージを与えて、タイム差をつければ、しばらくの間は追いつかれずに済む。レイナは本当の敵がニコラであることを知っているから、ニコラを徹底的にマークする。

そこまで考えて、首を横に振る。

ただの想像だ。メネンコはまだ走っている。マイヨ・ジョーヌを失い、なんとか二位にしがみつきながら。

いや、二位でも充分過ぎる成績だ。だが、あと二日の山岳と、最後のタイムトライアルで彼がその成績をキープできる可能性はどれだけ残っているのだろうか。

まだ、峠をふたつ越えただけなのに、メネンコはすでに集団の後方にいる。口が開き、目は血走っているが走るのをやめない。

胸の奥がざわめいた。

最後まで走る気がなければ、マイヨ・ジョーヌを着ている間に落車でもしてリタイアすればいいのだ。タイムが落ちてからやめるよりは、その方がインパクトも強く、その後、実業家として再スタートを切るときにも、いいイメージがつく。

今、走り続けているということは、この状態でもまだ勝てると信じているのか、もしくはどんなに順位が落ちようとやめる気などないのか。

どちらにせよ、メネンコが走り続けている以上、ぼくの想像は現実には沿っていない。

プラトー・ド・ベイユの登りに差し掛かる。

雨だというのに、道の両脇には観戦者が群がっていた。遥か先まで人垣が連なっているのが見える。

吐く息が白い。ずっとペダルを踏んできたせいで身体が熱くなっているから寒さは感じないが、気温は十五度を切っているという。

逃げていた、最後のふたりが吸収される。これで、いちばん前にいるのはメイン集団ということになる。

レイナ、ベレンソン、そしてニコラがいる。メネンコも集団の最後尾になんとか残っている。ラゾワルのアシストはふたりほど残っているが、ジェレミーはすでにグルペットに消えた。

レイナやニコラたちは、もう後方のメネンコを振り返ろうともしない。

彼らは知っている。これまでどんなに強かったとしても、今、集団の後方にようやくしがみついている選手を恐れる必要はないのだと。

レース中盤ならまだしも、最後の登りに差し掛かって後方にいるということは、前に出る体力がもうないということだ。

レースの途中、敵の目を欺くために疲れ切ったふりをする選手はいるが、集団後方にまで落ちてしまえば、デメリットの方が大きすぎる。この先、集団前方で行われる、過酷な勝利争いについて行くのは難しいだろう。

一瞬、気を抜いた隙に、ニコラが集団から飛び出した。レイナもすかさず後を追う。

ぼくも後を追いたかったが、タイミングを逃した。それにぼくが続いても、あのふたりの速度についで行けるとは思えない。

ゴールは、下った先だ。下りでなんとか追いつくこともできる。
サポネト・カクトのアシストたちが速度を上げる。ベレンソンのために、先行したふたりを捕まえようとしている。

集団の速度が上がり、どんどん選手たちが脱落していく。メネンコよりも早く、ラゾワルのアシスト選手がちぎれた。メネンコは荒い息を吐きながらも、集団に残っている。

エナジードリンクの容器を握りつぶすように飲んで、空の容器を投げ捨てる。
彼はまだあきらめていない。アシストたちも彼を見捨て、自分たちのために走り始めているのに、彼はまだ、なにかを見つめて走っている。

ゴールしか見ていない目だ。たとえ、大きく順位を落とそうとも、彼はゴールだけを見つめ続ける。

ぼくは目をそらして、前方に神経を集中した。ベレンソンがまた速度を上げる。つづら折りの山道の先に、ニコラとレイナが見える。距離としては、百メートルほどだろうか。山岳でここまで引き離されれば、ふたりに追いつくことは難しい。

だが、今日のゴールは山頂ではない。

集団はどんどん絞られていく。メネンコすら引き離されていく。

そう、ツールは気力だけで勝てるようなレースではない。ぎりぎりまで体力を削られてしまった時点で、負けることは決まっている。

ぼくもなんとか、ようやく最後の集団に残っているにすぎないのだ。

ベレンソンが少し後ろに下がった。無理に飛び出して、体力を消耗するよりも、下りで取り戻す方が確実だと気づいたのだろう。登りだと、一分近くかかるような距離も、下りだと数秒で追いつける。

ニコラはあまり下りが得意ではないから、登りでタイム差を稼ぎたいのだろう。

ニコラとレイナが山頂に向かっていくのが見える。

ファンが熱狂して、波のように彼らに押し寄せる。実際に触ったりする人は少ないが、それでもひやりとする。

山頂をどちらが先に越えたかは見えなかった。だが、問題はその先だ。

サポネト・カクトの選手が速度を上げる。ぼくも、去年まで同じチームで走っていたから、彼らのことはよく知っている。

焦る気持ちはある。少しでも早くニコラに追いつき、彼のアシストをしたい。だが、この集団がニコラに追いつくことは、ベレンソンが追いつくことだ。

敵は少ない方がいい。今の暫定順位は、レイナが一位で、ニコラが二位になっているはずだ。

メネンコはもう大きく順位を下げた。

集団が山頂を越えた。ぼくはその瞬間に、集団から飛び出した。

自転車の上で身体を小さくして、空気抵抗を減らす。

遥か先に、ニコラの姿が見える。そして、その先にレイナ。やはり下りで、ニコラは後れを取っている。

取るべきラインがはっきり見える。ぎりぎりまでブレーキはかけず、カーブではインコースを狙う。雨だから、少し慎重に。だが、躊躇はしない。

危険な走り方をすると、何度も言われた。だが、下りでクラッシュしたことは数えるほどしかない。危険に見えるのは外からで、ぼくにはちゃんと限界が見えている。それともこれもただの妄想に過ぎず、薄氷の上を渡っているのと同じなのだろうか。

集団はすでに、ぼくの後ろに遠ざかっている。いや、彼らが遠ざかったのではなく、ぼくが速度を上げているということはわかっている。だが、まるでぼくは止まっていて、世界が動いているような錯覚にとらわれる。

ニコラが目の前までくる。

「ニコラ！」

呼びかけると、彼は振り返って笑った。すぐにぼくの後ろにつく。

そういえば、三年前もこんなふうにふたりで走ったことがあった。あのときは、敵として、今は味方として。

レイナは遠い。さすがに彼はハンドルさばきがうまいし、体重もぼくより重い。

ぼくが勝てるものがあるとすれば、なにもかも捨ててもいいという気持ちくらいだ。守るものもないし、失うものもない。冷静になれば、恐怖を感じるのだとしても、今はなにかが麻痺している。

少しずつレイナが近づいてきている。ニコラが叫んだ。

「チカ、無理をするな！」

「大丈夫だ。ラインはちゃんと見えている」

美しい一本の線だ。正解はたったひとつ、一秒でもブレーキをかけるのが遅れればクラッシュし、早ければタイムを失う。

レイナが近づいてくる。彼の姿が止まって見える。

ぼくは風になって、彼を追い越した。ニコラもぼくに続く。

レイナはちらりとぼくを見たが、驚きはしなかった。強い選手とはこういうものなのだろう。

もう少しで下りが終わる。あとはたった三キロの平坦だ。

道がフラットになったのがわかる。数百メートルは下りの勢いで行けるが、あとはまたペダルを踏まなければならない。

無線で監督が叫んだ。

「レイナと三十秒差がついている。このままゴールに飛び込め！」

三キロで三十秒。逃げ切れない秒差ではない。

行ける。充分行ける。今日、ツールを終えてもかまわないのだ。

沿道の観客たちがなにか叫んでいるが、ぼくにはなにも聞こえない。ただ、チェーンと風の音だけが聞こえる。

ラスト一キロ。フラム・ルージュを越えた。

「あと、十九秒差だ。行けるぞ！」

監督の声を聞きながら、ぼくはペダルを回した。

「チカ！　きみが行け！」

ニコラがそう叫んだ。ラスト数百メートル。ぼくが先に飛び込めば、ツールのステージ優勝が手に入る。多くの選手が手に入れようとしても、手に入れられないものが。

ぼくは息を吐いた。

「駄目だ。きみが行くんだ」

一位のボーナスタイムは十五秒、二位は七秒。僅差の戦いを繰り広げているニコラとレイナにとって、この八秒の差は大きな違いになる。

「八秒差できみが総合優勝を逃したら、寝覚めが悪い！」

もしかしたら、この先後悔するかもしれない。だが、手が届くかもしれないという夢だけでも充分だ。

ニコラは、一呼吸置いて、飛び出した。

ぼくを引き離して、ゴールに飛び込んでいく。

歓声が上がり、ニコラ・ラフォンの名前が大きくアナウンスされる。数秒遅れで、ぼくもゴールに飛び込んだ。

優勝はぼくではないが、ガッツポーズをする権利くらいはあるだろう。

この勝利は、ぼくの勝利でもあるのだから。

チームカーのそばで、監督やメカニックたちにもみくちゃにされる。

「よくやったぞ、チカ！」

うれしい気持ちの中に、かすかな寂しさも混じっている。ぼくの選ばなかったもうひとつの未来では、ぼくは表彰台に立ってシャンパンを振りまいているだろうか。

それでも、ぼくはたしかに働いて、かすかな爪痕を残した。そこに悔いはない。

水分を取り、汗を拭う。ドーピング検査を命じられるかと思ったが、検査対象にはならなかった。

一位以外の選手はランダムだ。

興奮するスタッフたちから、少し離れて水を飲む。高ぶった神経を落ち着けたかった。

ニコラは表彰台に立つ。ステージ優勝だけではない。マイヨ・ジョーヌまでも手に入れた。

もちろん、これで総合優勝が決まったわけではない。まだ山岳は一日あるし、タイムトライアルもある。ニコラはタイムトライアルが苦手だから、そこでタイムを失うかもしれない。

総合のリザルトをチェックする。二位のレイナとはたった二十五秒差だった。レイナも最後はかなり追い上げてきている。タイムトライアルのことを考えると、できれば三十秒差は欲しい。

改めて、ニコラに勝利を譲ってもらわなくてよかったと安堵する。

タオルで汗を拭いながら、あたりを見回す。

深く帽子をかぶった男が、誰かを探すように目を泳がせながら、前を通り過ぎた。

誰だっただろう、と考えた数秒後に気づく。ラス・ウィルソンだ。

彼はレースを追われたはずだ。なぜ、戻ってきたのか。どうやってもぐり込んだのか。自然と足が動いていた。嫌な予感がした。

目的の人間を見つけたのか、彼はまっすぐ歩いて行く。ポケットから取り出したものがきらりと光った。

歩いて行く先に、しゃがみ込むメネンコがいた。

そのとき、すべてを理解した。

なぜ、メネンコがウィルソンを、あんなやり方で解雇したか。アルギをあんなふうに煽り続けたか。

ぼくはウィルソンの肩をつかんだ。

彼は振り返って、目を見開いた。ぼくはゆっくりと言う。

「やめるんだ」

メネンコには自分を止める人間が必要だったのだ。できれば、マイヨ・ジョーヌの頂点で。ウィルソンでもアルギでもかまわない。ナイフを彼に突き立てるか、拳で殴りつけるか、銃で撃ち抜くか。

それこそが彼のイストワールだ。

ぼくはウィルソンの手を押さえた。その手にはナイフが握られていた。彼は、ぼくの手を振り払った。ナイフが大きくカーブを描く。

たぶん、疲れ切っていなければ避けられた。避けたつもりだったのに、身体が動かなかった。

肩に、違和感が生まれた。それが痛みであることに気づくのには時間がかかった。

誰かの悲鳴が上がる。

崩れ落ちるぼくが見たのは、呆然としたメネンコの顔だった。

落車以外の理由で、メディカルカーに運ばれることになるとは思わなかった。ドクターも、まさかナイフで刺された選手を手当てすることになるとは思わなかっただろう。

肩に刺さったナイフが抜かれ、傷が縫われる。

表彰台の声が遠くから聞こえる。

ぼくはメディカルカーのベッドに横たわりながら、ドクターに尋ねた。

「明日、走れませんかね」

ドクターはあきれたような顔で言った。

「きみは、バカなのか？」


結局、ぼくはツール・ド・フランスの残り五日を、ベッドの上で過ごすことになってしまった。傷は思ったよりも深く、動くたびに痛みは走ったが、骨折したわけでもなく筋肉が断ち切られたわけでもない。

一ヶ月もすれば、また走ることはできるはずだ。

ウィルソンは逮捕されたが、それでも大勢の中での出来事で、多くの選手たちが事故であったと証言した。彼は、殺意を持って、ぼくに襲いかかったわけではない。重罪にはならないはずだ。

今日はタイムトライアルの日で、ぼくはベッドに横たわったまま、リモコンでチャンネルをツールの中継に合わせた。

ニコラはいまだ、マイヨ・ジョーヌをキープしている。あとは、タイムトライアルで二十五秒差をどこまで守れるかだけだ。

三回のステージ優勝と総合二位でも、充分いいツールと言えるかもしれないが、ぼくのステージ優勝のチャンスを捧げたのだ。総合優勝してくれなくては困る。

ちょうど、ミッコがスタートする瞬間だった。彼は今日の優勝を狙っている。数日間、グルペットで身体を休めたのだから、体力は充分あるだろう。

楽な姿勢を取るため、クッションを背中に敷いていると、ドアがノックされた。

今日は、パトリシアが家にいるから彼女だろう。怪我をして帰宅してから、料理を差し入れしてくれる。

「どうぞ、入って」

ドアが開く。立っていたのはヒルダだった。

「お見舞いにきたの。入っていい？」

ぼくは驚いたまま、目をぱちぱちさせた。

デニムのスキニーパンツに、白いTシャツというスタイルだが、それでも彼女ははっとするほど魅力的だった。

「やあ、どうぞ。お茶を淹れるのはまだ少し難しいけれど」

「わたしが淹れてくるわ。キッチンは一階？」

「そう。でも後でいいよ。そこの椅子に座って」

机の横に置いた椅子を指さすと、ヒルダは頷いて、それをベッドのそばまで引き寄せた。

「ツールを見ているの？」

「そう。今日で優勝が決まるからね」

最終日はパレード走行で、最後のスプリント勝負以外はしないというのが暗黙のルールだ。

あらためて、パリを走りたかった、と思う。

だが、ウィルソンがメネンコを刺すところなど見たくはなかった。たとえ、それがメネンコ自身が望んだ結末でも。

ヒルダは足を組んだ。

「こんな話、あまり気分よくないかもしれないけれど……」

「なんだい？」

「ドミトリーは、わたしの退屈な話を黙って聞いてくれる人で、若かったときのわたしは、尊重されていたような気持ちになったわ。でも、あんなことになって、彼が黙って静かにわたしの話を聞いていたのは、単なるポーズだったと思った」

「うん」

どう答えていいのか迷いながら、ただ相づちを打つ。

「でも、まったく聞いてないわけでもなかったのね。それが救いになるってわけでもないのに、ちょっと報われた気がした」

意味がわからず、ぼくはまばたきをした。

「どういう意味？」

「彼に、よく近松の話をしたの。罪を負った男女も死ぬことで、浄化されるって。もちろん、わたしは日本人じゃないから、本質的には理解していないんだろうけど、わたしにとって、それは優しいファンタジーに思えたの」

「うん」

ぼくはその考えの美しさも、残酷さも両方知っている。

「もちろん、ドミトリーが死にたいと思っていたわけではないと思うわ」

「そうだね」

それでも刃《やいば》に倒れるか、怪我をしてツールをリタイアすることは、彼にとって美しい物語だと思えたのだろうか。それを抱えて、新たな人生を歩むつもりだったのか。

過去は消せない。だが、物語の結末は書き続けることで変えることができる。

自分に刻まれた烙印を消し去るため、彼は新しい物語を描こうとした。

ヒルダはテレビに目をやった。

「ドミトリーがスタートするわ」

テレビ画面の彼は、急に老けてしまったように見える。だが、表情は穏やかだ。

彼は順位を大きく落とした。今は二十七位という成績で、表彰台にはどうやっても届かない。

美しい結末でなくても、彼は走り続けることを選んだ。それもまた、彼の物語だ。

ミッコがゴールする。やはり圧倒的に速い。暫定一位だ。

携帯電話が鳴った。手を伸ばして片手で電話を取る。伊庭からだった。

「はい」

「よう、お疲れ。災難だったな」

「まあね」

「もう家に帰っているのか。見舞いによろうかと思ったけれど……」

「見舞いにきてくれるのはうれしいけど、今日は遠慮してくれないか」

「なんだ。まさか美女でもきてるとか？」

「そのまさかだ」

「じゃあ、これからシャンパンでも持っていくか。到着する頃には、優勝も決まっているだろう」

抵抗しようとしたが、電話は切れた。本当にきたら、階段から蹴落としてやる。

レイナがスタートした。画面に、スタート台に立つニコラの真剣な顔が映った。

カウントダウンがはじまり、ニコラがコースへと飛び出す。

ぼくたちは固唾を呑んで、ニコラの戦いを見守る。

優勝しても、二位に終わっても、ニコラの物語こそが、ぼくの物語だ。

初出　「小説新潮」二〇一五年三月号～二〇一六年四月号

カバー写真　AP／アフロ
装幀　新潮社装幀室

スティグマータ

著者
近藤 史恵《こんどう・ふみえ》

発行
2016年6月20日

発行者｜佐藤隆信

発行所｜株式会社新潮社
〒162-8711
東京都新宿区矢来町71
電話　編集部 03-3266-5411
　　　読者係 03-3266-5111
http://www.shinchosha.co.jp

印刷所｜大日本印刷株式会社

製本所｜大口製本印刷株式会社

ISBN978-4-10-305255-5　C0093

キアズマ　近藤史恵

命をかける覚悟も誰かを傷つける恐怖も呑み込んで、ひたすらに走る。自分自身とアイツのために。「サクリファイス」シリーズ第四弾、新たな舞台は大学自転車部！

暗幕のゲルニカ　原田マハ

誰が〈ゲルニカ〉を「消した」のか？　ピカソの名画をめぐる陰謀と希望――大戦前夜のパリと現代のNY、スペインが交錯する、圧巻の国際謀略アートサスペンス。

死者の盟約　特捜7　麻見和史

顔に包帯を巻かれた絞殺体。同時に被害者宅で誘拐事件が発生した！　読めない展開と刑事たちの個性が冴える警察小説の進化形。TVドラマ化『特捜7』第2弾！

シスト　初瀬礼

世界を襲った突然のパンデミック。超大国の陰謀が蠢く中、一人の女性ジャーナリストが真実を追う。圧倒的リアリティで描く、読み応え満点の社会派サスペンス！

新任巡査　古野まほろ

警察学校を卒業したばかりの二人の新任巡査。成長し続けなければ、生きていけない。やがて試練と陰謀が――。元警察キャリアのミステリ作家、入魂の大河小説！

田嶋春にはなりたくない　白河三兎

曲がったことが大嫌い。空気は全く読まない。もちろん学内に友達はいない――。史上最高に鬱陶しい、だけどとっても愛おしい主人公、田嶋春が贈る青春ミステリ。

樹液少女　彩藤アザミ

失踪した妹を捜す男が迷い込んだのは、磁器人形《ビスクドール》作家の奇妙な王国。雪に閉ざされた山荘で繰り広げられる復讐と耽美のゴシック・ミステリ。

サナキの森　彩藤アザミ

袈裟に斬られた女の妖怪《サナキ》が80年前の怪事件を呼び起こす。平成引きこもり系女子にその謎が解けるか⁉　道尾秀介も唸らせた第一回新潮ミステリー大賞受賞作。

レプリカたちの夜　一條次郎

動物レプリカの製造工場に、突如「ほんもの」のシロクマが現れた――。完成された世界観と圧倒的筆力で選考委員の激賞を浴びた、第２回新潮ミステリー大賞受賞作。

十三匹の犬　加藤幸子

物語の語り手は一家で飼われてきた歴代十三匹の犬たち。札幌から北京、そして東京へ。様々な犬たちが語る飼主との出会いと別れと歴史。十三章からなる長編小説。

D菩薩峠漫研夏合宿　藤野千夜

「男子が男子を好きになるのは、おかしなことですか?」15歳のわたしは漫研の合宿で、おにいさまからのメモを見つけて……。切なさに胸熱くなる自伝的小説。

僕らの世界が終わる頃　彩坂美月

ネット小説をなぞって起きる殺人鬼の犯行。ひきこもりの少年が紡ぐ物語は、リンクする現実を救えるのか――⁉　注目若手作家が放つ、10年代の青春ミステリ。

ヒトでなし　金剛界の章　京極夏彦

娘を亡くし職も失い妻にも捨てられた。俺は、ヒトでなしなんだそうだ——。そう呟く男のもとに破綻者たちが吸い寄せられる。読む者を解脱させる力に満ちた長編。

となりのセレブたち　篠田節子

面倒はお金で解決。自己中心的でも他力本願。そして根拠のない楽観主義……私たちの周りにいる小金持ちたちの悲喜交々を、ユーモアと皮肉たっぷりに描く全五篇。

新しい十五匹のネズミのフライ
ジョン・H・ワトソンの冒険　島田荘司

重度のコカイン中毒で幻覚を見るようになったホームズ。途方に暮れるワトソンに降りかかった大事件とは。ミステリー界の巨匠が贈るホームズパスティーシュの傑作。

犬の掟　佐々木譲

急行する捜査車両、轟く銃声。過去の事件が次々と連鎖し、驚愕のクライマックスへ！『警官の血』『警官の条件』の著者が、比類なき疾走感で描く新たなる高み。

悲素　帚木蓬生

悲劇は夏祭りから始まった……。現役医師の著者が「和歌山カレー事件」を題材に「毒」とは何か、「罪」とは何かを描ききる。「怒り」と「鎮魂」の医学ミステリー。

掲載禁止　長江俊和

「死の瞬間」が目撃できるバスツアー、天井裏の歪な愛、完全犯罪遂行者の告白……。カルト番組「放送禁止」創造者の著者による、切れ味抜群のミステリ作品集！

あぶない叔父さん

麻耶雄嵩

犯人はまさか、あの人!? 田舎町で次々と起きる殺人事件を推理する叔父さんが、最後に暴く衝撃の真実とは——。奇才・麻耶雄嵩が放つ抱腹と脱力の連作ミステリ。

黄泉眠る森

醍醐真司の博覧推理ファイル

長崎尚志

人気漫画家の失踪、封印されたおぞましい事件、そして古代史最大の謎「邪馬台国」——。天才オタク編集者が次々に挑む謎解きに知的興奮必至！ 博覧強記ミステリ。

絶唱

湊かなえ

あの日、さよならさえいえなかった。突然の「死」に打ちのめされた四人の女が秘密を抱えたまま辿りついたのは太平洋に浮かぶ島。喪失と再生、これは人生の物語。

アメリカ最後の実験

宮内悠介

失踪した父を捜す脩《シュウ》が遭遇する連鎖殺人。才能に、理想に、家族に、愛に——傷ついた者たちが荒野の果てで摑むものは？ 西海岸の砂漠に〈音楽〉が響き渡るサスペンス長編。

アールダーの方舟

周木律

これは神の怒りか、奇跡の完全犯罪か。「痛み《アール・ダー》の山」と呼ばれるアララト山で方舟調査隊に起こる不可解な連続死。壮大な人類の謎に挑む歴史ミステリー。

天鬼越

蓮丈那智フィールドファイルV

北森鴻
浅野里沙子

奇怪な祭祀「鬼哭念仏」に秘められたトリック。門外不出の超古代史文書に導かれる連続殺人。氷の美貌と怜悧な頭脳、異端の民俗学者・蓮丈那智が快刀乱麻を断つ。